http://www.bbulmedia.com

http://www.bbulmedia.com

the 리더

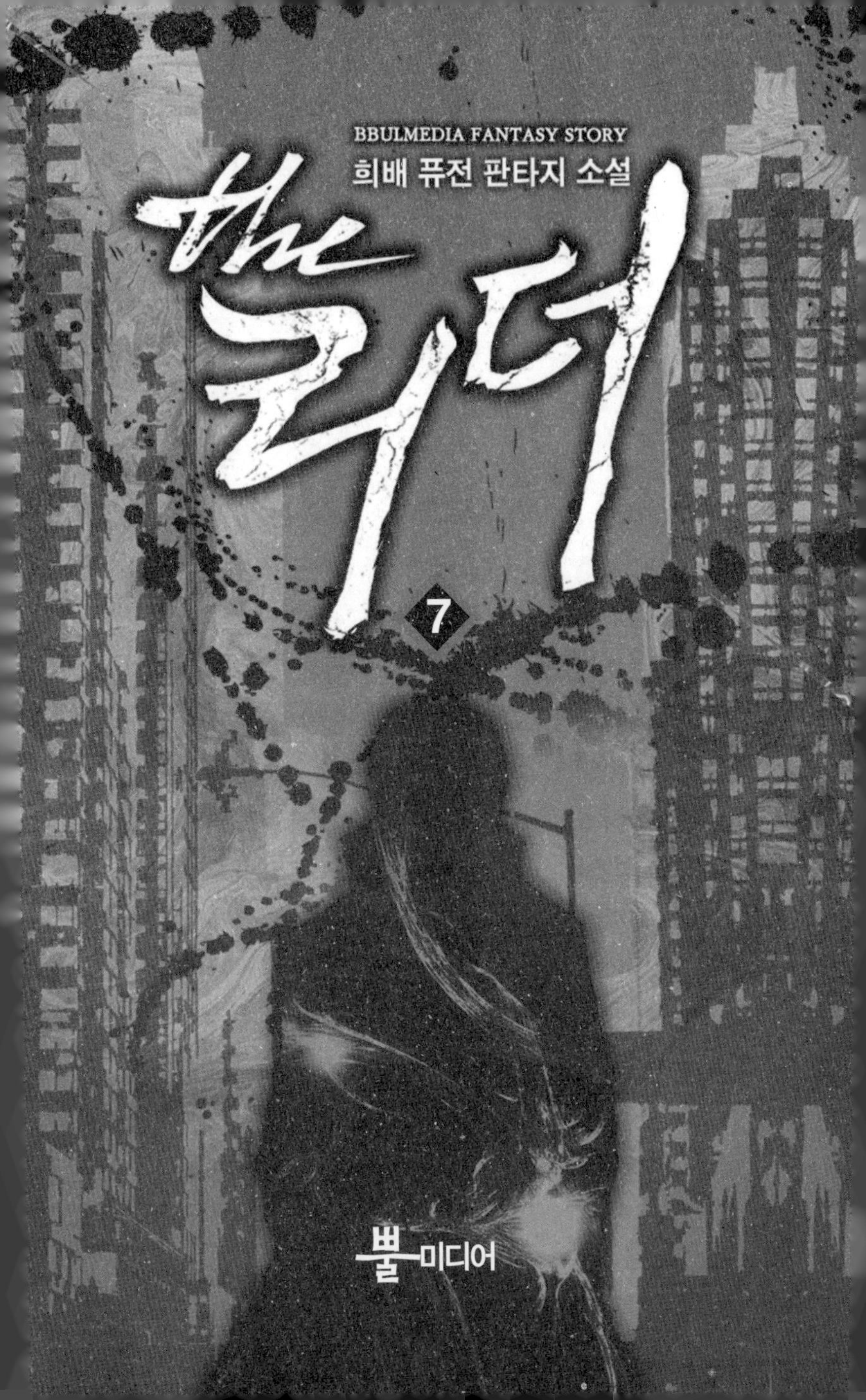
BBULMEDIA FANTASY STORY
희배 퓨전 판타지 소설
블러디
7
뿔미디어

C O N T E N T S

제1장
세계 최강 파이터 대회

한 번도 들어본 적이 없던 누리축구단이 터키를 무려 9:0이란 일방적인 스코어로 이겨 버리자 세계 축구계에서는 난리도 아니었다.

[터키가 삼류 클럽팀도 아니고 어떻게 터키를 9:0으로 이길 수 있지? 누리축구단, 걔네들 전부 나이도 어리다는데 도대체 어떤 애들이야?]

축구에 흥미를 갖고 있는 거의 모든 사람들의 의문은 이랬다.

터키가 84년과 87년에 잉글랜드에 각각 8:0이란 커다란 스코어로 진 적은 있었다.

하지만 그건 어디까지나 근 30년 전의 일이었고 또 A 매치에서 벌어진 일이었다.

누리축구단이 FC 바르셀로나나 레알 마드리드, 맨유 같은 명문 프로팀도 아니고 신생 팀에 불과한데 버젓한 A대표팀인 터키가 그렇게 일방적으로 진다는 것은 있을 수 없는 일이었다.

더군다나 축구라는 것이 1년이 새롭기 때문에 A대표 팀과 23세 이하 대표팀의 수준 차는 통상 한 골 정도는 접어주지 않는가.

그런데 누리축구단 선수들의 나이가 대부분 19살, 20 살이라는 데서 더 충격적이지 않을 수 없었다.

그뿐인가? 누리축구단 선수들 개개인의 스펙 또한 세계적인 선수들과 견주어 전혀 뒤지지 않는 것으로 나왔으니 그 또한 경악할 일이었다.

"치수 팍이란 선수는 메스보다 개인기가 더 뛰어난 것 같던데?"

"그러게. 강호 킴은 농수 선수보다 점프력이 더 좋은 것 같더라. 자기보다 훨씬 더 큰 선수와 공중 볼 경합이 붙었는데 그 선수 머리가 강호 킴 선수의 가슴팍밖에 오지 않더라니까."

"허! 그것뿐이 아니야. 타이진 송은 엄청 빠르더라. 볼을 툭 쳐 놓고 달리는데 터키 선수들은 아예 따라갈 엄두를 못 내더라. 아마 육상 선수를 해도 100m 세계 10위권 안에 들 것 같더라니까."

"그것보다 더 중요한 것은 누리축구단 선수들의 팀플레이가 엄청 정교하다는 거야. 후반전 봤지? 나는 꼭 스페인 축구를 보고 있는 것 같았다니까. 모르긴 몰라도 앞으로 10년 동안은 누리축구단을 이길 만한 팀이 없을 거야. 이건 내기해도 좋아."

이렇게 호사가들의 입에서는 누리축구단은 이미 무적의 팀이 되어 있었다.

그렇지만 일부 전문가들의 생각은 달랐다.

[누리축구단 선수들의 개개인의 스펙이 뛰어나다는 것을 부정하는 것은 아니지만 두 가지 면에서 아직 미숙하다고 봅니다. 첫 번째는 창의성이 부족합니다. 세계 최고가 되기 위해서는 개개인의 스펙도 중요하지만 상대가 예상치 못한 허점을 만들어낼 수 있는 창의적인 플레이가 뒷받침되어야 합니다. 그런데 터키와의 경기를 보고 느낀 점은 누리축구단 선수들의 경기 운영은 잘 짜진 한편의 시나리오와 같다는 생각이 들었습니다. 그것은 약속된 플

레이에 능숙하다는 의미입니다. 예를 들어보면 요즘 인기가 한창인 K—Pop처럼 수십 수백 번의 연습을 통해서 만들어진 플레이 같다는 것입니다. 만약에 터키가 변칙 플레이를 했어도 그런 스코어가 났을까요? 만약에 터키가 선제골을 먹고 당황하지 않았어도 이런 경기 결과가 나왔을까요? 나는 아니라고 봅니다. 두 번째로 지적할 수 있는 것은 경기 운영의 미숙을 들 수 있습니다. 전반에 터키가 볼 점유율이 높았던 것이 그 증거라고 볼 수 있습니다. 물론 한 경기만을 보고서 이런 평가를 내린다는 것이 억측으로 보일지는 몰라도 누리축구단이 최고가 되기에는 아직 멀었다고 생각합니다.]

1966년 영국 축구팀에게 월드컵을 안겼던 보비 찰튼의 관전평이었다.

베켄바워나 요한 크루이프 등 한 시대를 풍미했던 축구계 스타들도 보비 찰튼의 이 의견에 동조했다.

특히 독일의 축구 영웅 베켄바워는 메스가 이끄는 FC 바르셀로나를 세계 최고의 팀이라는 평과 함께 누리축구단을 아직 세계 초일류의 반열에는 오르지 않았다고 했다.

[나도 인테넷 동영상을 보고 느낀 거지만 보비 찰튼 선

배의 혜안은 정말 놀랍습니다. 나는 보비 선배의 의견에 전적으로 동조합니다. ……중략……. 내가 보기에는 지금 당장의 누리축구단의 위상은 세계 20~30위 정도일 것입니다. 물론 세계 최고의 팀은 메스가 이끄는 FC 바르셀로나이고 그 다음은 스페인이 될 것이며 로빈 반 페르시가 이끄는 네덜란드 팀과 전통적인 빗장 수비의 이탈리아도 세계 강호 대열에 낄 수 있을 것입니다. 하지만 앞으로 세계 최고의 팀으로 성장할 팀이 있다면 이는 단연 누리축구단이 될 것입니다.]

베켄바워는 누리축구단과 그리스 대표팀과의 경기 전망에 대해서 5.5:4.5로 그리스 대표팀의 우세를 점쳤다. 이것은 미세하게 그리스 대표팀이 우세할 것이라는 예측이었다.

바꾸어 말하면 누리축구단이 그리스 대표팀에게 질 가능성이 많다는 것이었다.

이것은 작년 UEFA 유로 2012에서 보여준 그리스의 전력을 토대로 터키보다도 한 수 위라고 전제한 베켄바워의 예상이었다.

그런 베켄바워의 예상에 우리나라의 C스포츠와 D스포츠 신문은 아시아 축구를 무시하는 오만한 작태라는 식의 논조로 기사를 냈다.

여기에 네티즌들이 가세를 해서 베켄바워는 이미 우리나라의 적이 되어 있었다.

심지어는 잠실체육공원에서 베켄바워를 규탄하는 집회까지 연다고 했다.

무슨 일만 생기면 우르르 몰려가서 떠들어대는 구시대의 작태가 아닐 수 없었다.

아니, 엄밀히 말하면 대의명분을 등에 업고 대한축구협회를 계속해서 장악하려는 정준형 의원의 구태의연한 술책이었다.

물론 그들이 하는 말에도 일리는 있었다. 우리 국민들의 뇌리에는 남아공 월드컵에서 우리나라 대표팀에게 2:0으로 졌던 기억이 뚜렷하게 남아 있는데 누리축구단의 전력이 우리나라 국가 대표팀의 전력을 상회한다고 보이기 때문이었다.

아침에 일어나자마자 인터넷을 뒤적거리던 누리 스포츠 센터 원장인 정윤술은 인터넷 기사를 보고는 복사를 해서 강권에게 가져왔다.

"회장님, 이것 좀 보십시오. 베켄바워의 말이 좀 거스르기는 해도 이렇게까지 할 일은 아닌데 말입니다."

아침 식사를 끝내고 차를 마시고 있던 강권은 정윤술이 내민 복사지를 훑어보더니 정윤술에게 물었다.

"흐음, 그래. 정 원장은 베켄바워의 예상에 대해서 어떻게 생각하나?"

"회장님. 제가 생각하기에는 베켄바워를 비롯한 유럽 축구계에서 아시아의 축구계를 무시하는 것처럼 느껴집니다. 그렇다고 우리나라 사람들이 베켄바워를 마치 우리나라를 팔아먹은 매국노처럼 성토하는 것은 좀 아니라는 생각이 들지만 말입니다."

"하하하, 정 원장도 그렇게 느끼나? 그런데 나는 베켄바워가 정확히 봤다는 생각이 드는데 말이지. 남아공 월드컵에서 우리나라 대표팀이 2:0으로 이긴 그리스 대표팀이 아니거든."

"예에? 그럼 어르신께서는 우리 애들이 어쩌다 터키를 이긴 것이란 말씀이십니까?"

"하하하! 그렇지는 않네. 하지만 베켄바워의 말처럼 우리가 선제골을 당하고 터키가 좀 더티한 플레이를 했어도 그런 결과가 나왔을까? 역시 오래 묵은 생강이 맵다는 말이 헛말은 아닌 것 같아."

강권은 이렇게 운을 떼고는 자기가 보는 경기 승부처

를 조목조목 짚어주었다.

"그러니까 결론적으로 말해서 나는 상대가 과연 우리 애들의 스펙에 대해서 자세히 알고 대비했다면 그렇게까지 스코어 차이가 나지 않을 것이라고 생각하고 있네."

"그럼 어르신께서는 우리 애들이 베켄바워의 예상처럼 그리스 대표팀에게 질 수도 있다는 말씀이십니까?"

"정상적으로 경기를 한다면 우리 애들이 지지는 않겠지. 하지만 지피지기는 백전불퇴라는 말이 있잖은가? 우리 애들의 스펙은 이미 알려졌으니 상대는 거기에 철저하게 대비할 것일세. 게다가 노련한 그리스가 심리전을 유발하면 어리고 경험이 일천한 우리 애들이 말려들 것이 분명하단 말이지. 아무튼 나는 그리스와의 일전은 쉽지만은 않을 것이라고 말하고 싶네. 그것을 슬기롭게 이겨 낼 수 있어야 우리 누리축구단 애들이 진정한 강자로 거듭날 수 있겠지."

만약 다른 사람이 이런 말을 했다면 정윤술 원장은 쥐어 패서라도 자기 주장을 굽히려 하지 않았을 것이다. 그런데 상대는 자기가 진심으로 존경하고 있는 강권이었다.

따라서 정윤술은 고개를 갸우뚱거리면서도 강권의 말을 믿으려 했다.

하지만 여전히 강권의 말은 믿겨지지는 않았다.

❖　❖　❖

"최 이사님, 저 왔어요. 맛있는 차(茶) 주세요."

"이사 옵빠, 뚜형이도 와쪄염. 땀치 두세염."

강권이 통제실에서 혼자 누리축구단의 그리스 대비 훈련을 모니터링하고 있는데 뮤즈 걸즈의 공인된 두 식신(食神)이 출출했는지 강권을 찾아왔다.

시간을 보니 이제 겨우 오전 9시 30분이었다.

'허허허, 어떻게 된 애들이 나만 보면 먹을 것을 달라고 조르니…… 내가 먹을 것으로 보이나?'

이렇게 내심 구시렁거렸지만 이 애들만 보면 화를 내지 못했다.

특히 수형이란 아이는 강권의 조카뻘이어서 남다른 감정이 있지 않은가.

"수형이와 윤이는 아침을 먹지 않았는가?"

"아니요. 두 그릇이나 먹었는걸요?"

"저두염. 뚜형이도 두 그릇 먹었어염."

"그런데 수형이는 벌써 배가 고파?"

"옙."

강권은 수형이의 대답에 기가 막혔다.

'먹은 지 두 시간도 안 돼서 벌써 배가 고파? 그것도 두 그릇씩이나 먹었다면서?'

강권이 이렇게 생각하는 이유가 있었다.

백룡에서 아침은 7시부터 8시까지 딱 한 시간만 준다.

그런데 뮤즈 걸즈 아이들은 대부분 아침잠이 많아 7시 반이 넘어서 아침을 먹거나 굶는다. 뮤즈 걸즈 아이들 중에서 절대로 굶지 않는 두 사람이 있었으니 이들이 바로 수형이와 윤이였다.

뮤즈 걸즈에서 공인된 이 두 식신들이 밥 두 공기를 먹을 때는 7시 반 이후에 일어나서 아침을 먹을 경우였다.

그렇지 않으면 세 공기 이상을 먹었을 것이다.

강권은 두 식신들의 예쁜 얼굴들을 보면서 그렇게 먹으면서도 전혀 살이 찌지 않는 이유가 궁금했다. 정말이지 축복받은 체질들이 아닐 수 없었다.

'그건 그렇고 차라니? 갑자기 무슨 말이지?'

강권은 자신도 차를 별로 좋아하지 않았고 아직 한 번도 차를 누구에게 준 기억이 없었는데 윤이가 뜬금없이 차를 달라고 하니 고개를 갸웃거리며 되물었다.

"윤이야, 난데없이 맛있는 차라니 도대체 무슨 차 말이냐?"

"에이, 이사님도, 저 방금 리나에게 듣고 왔단 말이에요? 리나가 이사님에게 엄청 맛이 있는 차가 있다고 하던데요."

"리나에게? 아! 그거?"

리나가 맛있는 차라고 한 것은 누리 스포츠단 애들에게 주기 위해서 에베레스트산에서 동충하초를 캐면서 뜯은 이끼 같은 풀이었다.

에베레스트산에서도 해발 5,000m가 넘는 곳에는 긴 겨울과 짧은 봄, 이 두 계절밖에 없다. 따라서 그런 극악한 환경에서도 자라는 식물들은 엄청난 생명력을 갖고 있다.

생명력이 엄청나다는 것은 그만큼 기가 충만하다는 걸 의미한다. 그런데 기가 충만하다고 해서 전부 인체에 유익한 것만은 아니다. 오히려 독(毒)이 될 수 있다.

사실 독들의 상당수가 인간들이 소화시킬 수 없어 혈류를 막는 고단백이란 것은 공지의 사실이기도 했다.

리나에게 차처럼 준 것 역시 인체에 해로울 수 있는 독을 내포하고 있었다.

기가 너무 충일해서 체질에 맞지 않는 사람이 복용할 경우에는 소화시키지 못해서 인체의 신진대사를 방해할 가능성이 다분하다는 말이었다.

강권이 차를 함부로 권하지 않은 것 역시 그런 이유 때문이었다. 그런데 그걸 달라니…….

'휴우, 지금 이 애들에게 차를 주지 않으면 보나마나 몇 개월 동안은 내가 차로 보일 테니 줄 수밖에 없겠지?'

고수원 회장이 어떻게 했는지 몰라도 뮤즈 걸즈 아이들은 도무지 포기를 몰랐다.

물론 그렇다고 되바라지거나 하지는 않았다. 차라리 되바라졌으면 혼쭐을 내줄 텐데 교묘한 상황에서 대적할 수 없는 애교를 무기 삼아 자기네들 주장을 내세워 챙길 것은 죄다 챙기니 뭐라고 할 수도 없었다.

이쯤에서 져주지 않는다면 필살의 애교와 진드기처럼 물고 늘어지는 끈질김으로 강권을 공략할 것이다.

'에효, 차라리 포기하는 것이 맘이나 편하겠지.'

강권은 뮤즈 걸즈에게 차라리 지는 것이 상수라는 생각을 하고는 차를 풀기로 했다.

하지만 귀찮은 것을 질색하는 뮤즈 걸즈 소녀들의 특성을 이용해서 은근 낚싯밥을 깔아두는 것을 잊지 않았다.

"그런데 수형아, 그건 *오링 테스트라고 좀 까다로운 테스트를 거쳐야 먹을 수 있는데 그래도 먹을 거야?"

"이사님. 오링 테스트라니요?"

부러 귀찮은 것을 엄청 싫어하는 수형이에게 물었는데 정작 되물은 것은 호기심이 엄청 많은 윤이였다.

'이런 된장! 실패다. 이쯤해서 수형이가 차는 무슨 차? 그냥 참치나 먹자. 이렇게 치고 나왔어야 하는 거 아냐?'

강권은 내심 구시렁거리며 답을 해주어야 했다.

"으음, 어떻게 말해야 할까? 그러니까 인간은 본능적으로 자신의 몸에 좋은 것이 몸에 닿으면 근육이 활성화되지만 해로운 것이면 근육이 위축이 된다고 하지. 자기 몸에 좋냐, 나쁘냐를 알아보는 것이 바로 오링 테스트라고 보면 돼."

강권은 오링 테스트에 대해서 간략하게 설명을 해주었다. 강권의 설명을 들은 수형과 윤이는 입을 짝 벌리며 감탄을 했다.

"와아! 몸에 좋은 것을 쥐기만 해도 저절로 힘이 세진다고요? 어떻게 그럴 수 있어요? 정말 신기해요."

"이사 옵빠, 오링 테스트 오래 걸려염?"

"아냐. 그렇게 오래 걸리지 않아. 대충 10분 정도면 끝나."

"고럼 얼릉 오링 테스트해염."

"휴우, 그래. 말이 나온 김에 오링 테스트를 해 보기로 할까? 잠깐 기다리면 오링 테스트할 물건들을 가져오지."

"넵."

"이사 오빠, 얼른 오셔야 해요?"

사실 오링 테스트라는 게 어려운 것이 아니었다.

사상의학에서 말하는 4개의 체질과 오행론에서 따지는 오행을 띠는 다섯 가지 물건만 있으면 된다.

물론 제대로 하려고 하면 서로 다른 성질을 띠고 있는 수십 가지의 물건이 필요하다. 그렇지만 그렇게까지 정밀하게 할 필요는 없어 강권은 오행의 성질을 띠는 다섯 가지 물건들과 적당한 무게의 덤벨을 아공간에서 꺼냈다.

"수형이가 언니니까 수형이 먼저 하도록 하자. 한 손으로 이걸 잡고 다른 손으로는 이 덤벨을 들어봐."

강권이 내민 것은 강한 토성(土性)을 띠고 있는 차였고 덤벨은 대략 20kg짜리였다.

여자인 수형이가 들기에는 버거운 무게가 아닐 수 없

었다. 보기에도 질려 버릴 정도 크기의 덤벨을 보더니 수형이 펄쩍 뛰었다.

"이, 이사 옵빠 설, 설마 뚜형이를 남자로 알고 계시는 건 아니져?"

"하하하, 우리 이쁜 수형이를 그렇게 볼 리 있겠어? 일단 들어보기나 하셔."

"아, 알았떠욤."

수형이는 강권이 하라는 대로 "웃샤!" 하고 기합을 넣으며 번쩍 들어 올렸다.

엄청 무게가 나가는 덤벨이 가볍게 들리자 수형은 고개를 들어 머리 위에 놓인 덤벨을 쳐다보더니 입꼬리가 묘하게 말아 올려졌다. 그리고는 팔짝팔짝 뛰면서 좋아했다.

"윤이야, 이거 봤지? 이 언니가 한 힘 하자나."

힘 하면 뮤즈 걸즈 소녀들 중 누구에게도 뒤지지 않은 힘 윤이인데 그걸 보더니 입을 쫘악 벌리며 놀라워했다.

무지막지하게 보이는 덤벨을 가볍게 들어 올리는 모습이 진짜 장난이 아니었던 것이다.

"으으, 어, 언니, 이제 보니 허당이 아니었네."

"흐흐흐, 윤이 니 앞으로 조심하렴. 이 언니가 한 힘

한다는 걸 명심하고."

수형이의 이런 으스댐은 또 한 번 다른 성질을 가진 물건을 잡고 하는 시험으로 끝장이 났다.

어찌 된 영문인지 이번에는 덤벨이 꼼짝도 하지 않았던 것이다.

"허걱, 이거 왜 이라니? 도대체 어떠케 된 일이얌?"

"하하하, 수형이의 체질은 대충 판가름이 난 것 같다. 이번에는 윤이가 해 보자."

윤이 역시 수형이와 거의 동일한 과정을 거쳐서 결과가 판명되었다.

오링 테스트 결과 수형이는 태양인에 가까웠고, 윤이는 태음인이라고 보아도 무방하였다.

오행의 성질로 보자면 수형이는 토(土)의 성질을 가졌다.

얼굴이 둥근 편이어서 대충 태양인일 거라는 강권의 추측이 맞아 들어간 셈이었다.

반면에 윤이는 수(水)의 성질을 가졌다. 태음인들이 미남미녀들이 많다.

전형적인 미인형이 태음인이라는 말이었다.

그러고 보니 뮤즈 걸즈의 얼굴인 윤이는 전형적인 미

인형에 속하는 태음인이었다.

강권은 품에 손을 넣는 척하면서 토시에서 차를 꺼내서 수형이와 윤이에게 주었다.

"수형이는 이 차를 마시고, 윤이는 이 차를 마셔야 돼. 서로 다른 체질이어서 바꿔 마시면 오히려 해가 되는 것을 명심해야 할 거야."

"그나저나 엄청 신기해요. 어떻게 다른 물건만 잡았는데 힘이 달라질 수 있죠?"

"그래염. 이사 옵빠, 너무 신기해염."

"하하하, 알면 당연한 것이지만 모르면 신기할 수밖에 없잖아."

"이사 오빠, 정말 그런 것 같아요."

일단 볼일을 마친 수형이의 관심은 이제 참치로 쏠려 있었다.

강권은 수형이와 윤이에게 참치와 꽃등심을 안겨줄 수밖에 없었다.

참치회를 뜨고 꽃등심을 꺼내 굽고 있는데 어떻게 알고 왔는지 뮤즈 걸즈 멤버들이 모두 모이는 것이었다. 백룡의 내부는 환기 시스템이 완벽해서 냄새가 밖으로 나갈 일은 없으니 뮤즈 걸즈들이 먹을 것에는 엄청 촉이 밝다고 할 수밖에 없었다.

'휴우, 이런 아가씨들 보고 어떻게 대한민국을 대표하는 아이돌이라고 할 수 있지? 전생에 못 먹고 죽은 귀신들 같으니라고.'

강권의 이런 속내를 알 리 없는 뮤즈 걸즈들은 참치와 꽃등심 쟁탈전을 벌이고 있었다.

한참을 먹다 어느 정도 배가 찼는지 뮤즈 걸즈의 막내 지현이가 무언가 생각난 듯 강권에게 인터넷 기사를 보여주며 말했다.

"참, 최 이사님, 이것 보셨어요?"

"지현 양, 뭘 말이지?"

"미국에서 이사님더러 갓파더라고 그러던데 어떻게 된 일이에요? 갓파더라면 마피아 보스를 가리키는 말 아니에요?"

"내가 갓파더?"

강권은 흥미가 있어 지현이가 내미는 이글폰의 스크린을 바라보았다.

인터넷에 뜬 기사는 미국 가십지란 타블로이드판 신문을 옮겨놓은 것이었다.

최근 백인 우월주의자의 손에 넘어간 가십지가 강권의

신변잡기를 다루고 있었는데 주로 부정적인 것을 부각시키고 있었다.

특히 주먹으로 암흑가를 평정했는데 미국이었다면 어림도 없을 것이라고 한다든가, 몬스터로 알려진 브룩클린 시나가 그깟 옐로우 멍키 따위는 한 주먹거리도 안 된다든지 하며 조롱하고 있었다.

'이 자식 좀 보게? 케인에게 뒈지게 얻어터진 녀석이 하는 소리 보게? 내가 미국의 마피아 보스였으면 이 자식이 까불 수나 있었겠어? 동양인들, 특히 우리 한국인들이 그렇게 우습게 보인단 말이지? 아무래도 안 되겠어. 이 자식 손 좀 봐줘야겠어. 후후, 이런 것을 두고 관을 보아야 눈물을 흘린다고 하던가?'

요즘 들어서 부쩍 백인들은 물론이고 흑인들 역시 동양 사람들을 우습게 여기려는 경향이 있었다.

그것은 아마도 세계를 좌지우지할 정도로 경제대국으로 부상한 중국에 이어서 세계 최첨단의 기술들을 거의 독점할 기세인 한국은 물론이고 인도마저도 세계 경제대국으로 부상하고 있다는 위기감에서 비롯된 것일 게다.

그렇다고 하더라도 그것은 강권의 눈에 완전 거슬리고

있던 터였다.

그래서 이번 기회를 빌려 한국인들이 어떻다는 것을 뼈저리게 각인시켜 주고 싶었다.

'좋아. 우리 대한 남아들이 어떻다는 것을 보여주겠어.'

사실 경(勁)을 어느 정도 다룰 수 있는 씨크릿 컴퍼니의 열 명의 팀장들이 나서도 격투기계에서는 거의 무적일 것이다. 그렇지만 강권은 자신이 직접 본때를 보여주고 싶었다.

도저히 넘볼 수 없는 성역으로 만들어두고 싶었기 때문이다.

동양무술의 진인(眞人)들이 격투기계에 나서지 않고 있어서 어떤 사람들은 주짓수를 만든 그리시 가문을 세계 최강의 반열에 놓고 그중에서도 핵터 그리시를 최고로 친다. 또 어떤 자들은 이스라엘의 특공무술이라는 크라브마가를 최고 무술이라고 친다.

하지만 주짓수나 크레브마가의 기술들을 진정한 무도인의 시각에서 따져 보면 우리나라의 합기도보다도 못하다.

수천 년 동안 전해져 내려온 무술이 괜한 것은 아닌 것이다.

'그들을 초청해서 박살을 내면 우리 무술이 얼마나 뛰어나다는 걸 느끼겠지?'

일단 이렇게 생각을 굳힌 강권은 김철호에게 전화를 걸었다.

"김 이사, 자네 미국에서 공부를 했으니까 미국에 대해서는 조금 알고 있겠지?"

―예. 회장님, 시키실 일이라도 있으신지요?

"다름이 아니라 미국에서 이종격투기 대회를 열었으면 해서 말이지."

―아! 그것 때문에 그러셨군요. 그렇잖아도 강 문주님께서 가서 브룩클린 시나를 혼쭐내 주라고 하셔서 천살문도 몇 명을 대동하고 미국으로 가고 있는 중입니다.

말은 이렇게 했지만 실은 김철호가 먼저 강석천에게 브룩클린 시나를 혼내주겠다고 엄청 졸라서 강석천이 마지못해 승낙한 것이었다.

사실 김철호도 브룩클린 시나 따위는 우습게 여기고 있지만 스스로 나서서 혼내주는 것은 상당히 걸리는 게 많았다. 그는 미소와 신뢰를 팔아야 하는 비즈니스맨이지 치고 박고 몸으로 얘기하는 파이터는 아니었기 때문이다.

"김 이사, 강 문주가 그렇게 하라고 했다고?"

—예. 회장님.

"그럼 누구와 함께 미국에 가는가?"

—예. 특수부대 출신의 송영기 사형과 강남 흑곰 패밀리의 예준호 사제가 동행하고 있습니다.

강권은 얼마 전에 강석천에게서 송영기와 예준호가 발경(發勁)을 할 수 있다는 보고를 받았던 기억이 났다. 발경을 할 수 있을 정도라면 브룩클린 시나와 체급에서 열세에 있더라도 어느 정도 좋은 승부를 할 수 있을 것이다. 승부의 향방은 이들이 과연 외부의 자극을 이겨내고 온전하게 발경을 할 수 있느냐가 관건이었다.

발경도 자전거를 타는 것이나 수영을 하는 것과 같은 일종의 학습 현상이다.

그렇기 때문에 초보자들의 경우에는 자전거를 타다 넘어지거나 수영을 하다 물을 먹는 것처럼 빈번히 실수를 하게 된다. 그럴 경우에는 체력에서 월등하게 우위에 있는 브룩클린 시나에게 참패를 면치 못할 것이다.

물론 경을 다루는 것이 더 익숙한 열 명의 팀장들이 나서면 확실하게 이길 수 있을 것이다. 그런데 여기에도 문제가 있다. 열 명의 팀장의 실력이 애매했던 것이다.

그들은 아직 경을 자유자재로 다룰 수 없기 때문에 경을 쓰지 않으면 오히려 질 수도 있었고 그렇다고 경을 쓰면 자칫 하다가 상대를 죽일 우려가 있으니 함부로 내세울 수 없다.

그랬다. 팀장들의 실력이 강권이 딱 고민하기 알맞은 정도라는 게 문제인 것이다.

그런데 강권이 원하는 것은 그 정도가 아니었다. 적어도 그 누구도 비교할 대상이 없는, 이름만 생각하면 자다가 경기를 할 정도의 성역(聖域)이 되게 만들어야 한다.

그래서 주짓수나 크레브마가의 고수들 따위와는 비교조차 할 수 없게끔 만들면 더 이상 언급조차 하지 않을 것이라는 계산이 섰다.

결론은 이랬다.

'백인 녀석들이 다른 말들이 나오지 못하게 하려면 반드시 내가 가야 해.'

다시 한 번 이렇게 결심을 굳힌 강권은 김철호에게 자기 생각을 얘기했다.

"김철호 이사, 자네는 미국에서 꽤 오랫동안 공부를 했으니 나름 인맥이 있겠지?"

―예. 딱히 인맥이랄 것은 없지만 동문수학하던 이들 중에는 꽤나 잘나가고 있는 친구들도 있습니다. 회장님.

"그럼 수고스럽겠지만 그들을 동원해서라도 세계 격투기 챔피언들, 주짓수를 만든 그리시 가문의 사람들, 크레브마가의 고수들을 출전하도록 섭외하도록 하게. 그래서 미국 공연 때 깜짝 이벤트로 써먹자는 말이지."

―아! 그렇겠군요. 그걸 메인 이벤트로 하면 효과가 엄청 좋겠는데요.

"김철호 이사, 내가 원하는 것은 격투기 대회가 메인 이벤트가 아닐세. 메인 이벤트는 어디까지나 콘서트 투어일세."

―예에? 그건 좀……

"김철호 이사, 잘 생각해 보게. 내 말대로 하는 것이 맞을 게야."

강권의 말에 김철호는 강권의 왜 이런 말을 하는지 곰곰이 생각해 보았다.

사실 원래 김철호의 의도는 무도인(武道人)으로서 강권의 위엄을 가장 효율적으로 세상에 드러내는 것이었다.

그런데 그게 아니라니.

'태상문주님께선 도대체 무슨 복안을 갖고 계시지?'

김철호의 이런 의문은 이내 강권의 의도를 추측해 낼
수 있게 했다.

'푸훗! 필시 태상문주님께선 쑥스러우신 게야.'

사실 강권의 마음속에 그러한 점이 전혀 없는 것은 아
니었다.

절정의 경지에 오른 강권에게 세상의 어떤 능력자들도
코흘리개일 뿐이고 그런 코흘리개들의 팔을 비트는 것으
로 세상에 위엄을 드러낸다는 것 자체가 코미디에 불과했
다.

그렇기 때문에 강권은 김철호의 생각처럼 자신의 위엄
을 드러내고자 사람들을 모아놓고 두들겨 패고 싶은 마음
은 추호도 없었던 것이다.

강권의 심중에 있는 의도는 까불면 맞는다는 경고의
메시지를 보내는 것이었다.

너희들이 옐로우 멍키라고 조롱하는 상대가 이런 사람
들이니 앞으로 까불면 다 때려죽이겠다는 엄중한 교훈이
었던 것이다.

결국 강권의 의도대로 이루어졌다.

❖　❖　❖

Dr. Seer, 세계 최강 파이터 대회를 기획하다.

팜의 황제이자 밤의 황제인 최강권 씨가 다음 달에 있을 미국 공연에서 자신의 숨겨진 능력을 최대한 발휘할 전망이다. 환 종합매니지먼트의 보도 자료에 따르면 최강권 씨는 UFC 파이터인 브룩클린 시나가 그깟 옐로우 멍키 따위는 한 주먹거리도 안 된다는 조롱에 엄청 격노했다고 한다. 그래서 브룩클린 시나를 비롯해서 세계 최고의 파이터들을 초청해서 자신의 진면목을 보이겠다고 했다고 한다. 보도 자료에 의하면 놀랍게도 밤의 황제는 자신에게 30초를 버티면 1,000만 달러를 1분을 버티면 3,000만 달러를 주고 한 라운드를 버티면 1억 달러를 주겠다는 것이다.

……중략…….

이변이 없는 한 딱 한 달 후인 6월 6일 미국의 세 번째 투어에서 세기의 대결이 이루어질 전망이다.

M일보 주세혁 기자.

M일보의 기사가 나가자 전세계의 네티즌들은 난리도 아니었다.

우리나라 사람들은 최강권이란 존재에 대해서 대충은 알고 있었지만 다른 나라 사람들은 그렇지 못했기 때문이었다.

burt2739…… ; 도대체 그게 말이 된다고 생각하냐고? Dr. Seer가 아무리 싸움을 잘 해도 격투기라는 것이 체급 차이가 나면 기술이 아무리 좋아도 이기기 힘이 드는 법인데 브룩클린 시나는 193cm에 130kg인데 비해 프로필에서 보면 Dr. Seer는 기껏해야 185cm에 78kg일 뿐이잖아. 무려 50kg가 차이가 난다는 것은 엄청난 페널티인데 어떻게 이긴다는 것이지?

Qctt3838…… ; 나는 한때 격투기 선수를 지냈던 사람이야. 격투기 선수 경험에 비추어 보면 burt2739 님의 의견에 전적으로 동조해. Dr. Seer가 싸움을 잘해도 그것은 어디까지나 일반인들과 상대했을 경우이고 전문적인 격투기 선수들과 링 위에서 정해진 룰로 싸운다면 이길 수 없을 거야. 체급 차이란 것은 아무것도 아닌 것 같지만 실제로는 엄청난 것이거든.

ssxg3038…… ; 까는 소리 말라고 해. 난 Dr. Seer 의 승리를 굳게 믿어. Dr. Seer는 불가능을 가능하게 만드는 신비로움을 지니고 있어. 또 Dr. Seer가 허튼소리를 했다고는 믿고 싶지 않아.

Pers7755…… ; 나도 Dr. Seer의 팬이기는 하지만 이건 아니라고 봐. 비록 브룩클린 시나가 헬 케인에게 졌다고는 하지만 그래도 한때는 세계 최강의 사나이라는 말을 들었던 사람이야. 그런 브룩클린 시나를 30초 안에 KO시키겠다니 어떻게 그게 가능할 수 있지? 막말로 브룩클린 시나가 공격을 하지 않고 피해 다니기만 해도 한 라운드는 거뜬히 넘길 거 아니겠어? 이건 필시 브룩클린 시나의 공언에 대한 Dr. Seer의 소박한(?) 대응에 불과할 거야.

네티즌들은 대부분 강권이 진다는 쪽이었다.
강권의 팬클럽인 The Dr. Seer에서도 Dr. Seer

가 뮤지션이지 파이터가 아님을 들어 세계 최강 파이터 대회의 개최를 철회해 줄 것을 요청했다. 심지어 서원명 대통령까지도 우려를 표명하기까지 했다.

이런 우려 섞인 의견에 환 종합매니지먼트는 기자 회견을 자청했다.

물론 강권의 지시에 의한 것이었다.

"우리 환 종합매니지먼트사에서는 다음 달인 6월 6일 Dr. Seer의 마지막 미국 투어에 앞서 세계 최강 파이터 대회를 개최하기로 했습니다. 여기에는 세계 최강 파이터 대회를 개최하는데 결정적인 빌미를 제공한 브룩클린 시나와 그를 두 차례나 이긴 헬 케인은 물론이고 주짓수의 본산인 그리시 가문과 크레브마가의 고수들에게도 기회를 제공하겠습니다. 한 가지 전제는 "Winner takes it all."입니다. 승자만이 모든 것을 가질 수 있다는 것이지요. 궁금하신 것이 있다면 질문해 주십시오."

"M일보의 주세혁 기자입니다. "Winner takes it all."이라고 하셨는데 그럼 최강권 씨에게 30초를 버티면 1,000만 달러, 1분을 버티면 3,000만 달러, 한 라운드를 버티면 1억 달러를 주겠다고 한 말은 자동적으로 취소가 되는 것입니까?"

"아닙니다. 세계 최강 파이터 대회에 참가한 선수들 중에서 그 누구든 정해진 시간을 버티면 공언했던 돈을 받게 될 것입니다. "Winner takes it all."이란 대전제는 오직 대회로 생긴 수익에 대해서만 적용될 것입니다."

"그렇다면 공언했던 돈은 어떻게 지급하실 것입니까?"

"돈의 지급 문제에 대한 것이라면 전혀 우려할 것이 없습니다. 미국 최대 신탁 회사인 제너럴 그로쓰 퍼버티스에 이미 2억 달러를 예치해 놓았습니다. 그러므로 거기에 대한 것은 아무런 문제가 될 것이 없습니다."

"H일보의 한세동 기자입니다. 사실 Dr. Seer인 최강권 씨가 밤의 황제란 닉네임을 갖고는 있지만 그가 싸운 장면은 전혀 알려지지 않았습니다. 그래서 본 기자는 인터넷을 뒤져보았는데 2~3년 전에 최강권 씨로 의심되는 인물의 활극이 동영상으로 올라온 것이 있었습니다. 혹시 그 동영상의 주인공이 최강권 씨가 맞습니까?"

"기자님이 언급하신 동영상이 어떤 동영상인지 모르기

때문에 확실하게 답변을 드리지 못하겠습니다. 이점 양해
바랍니다."

한세동 기자는 그럴 줄 알았다는 듯 좌중의 양해를 구
하고 준비한 동영상을 보였다.

언제 준비했는지 100인치 대형 화면으로 문제의 동영
상을 상영하자 여기저기서 탄성이 터져 나왔다.

"와아! 어떻게 저럴 수 있지?"

"저건 완전 영화의 한 장면이잖아?"

"실제로 저렇다면 브룩클린 시나도 전혀 문제없겠는
걸?"

그랬다. 기자들의 탄성대로 이건 완전 영화의 한 장면
이었다. 동영상대로만 한다면 브룩클린 시나가 아니라 헬
케인도 쉽게 이길 수 있을 것 같았다.

별로 힘들이지 않고 2m에 가깝게 떠오르며 시비를 거
는 덩치들의 뒤에 착지해 버린 것이라든지, 배낭을 낚아
채며 공중으로 뛰어올라 순식간에 세 녀석의 턱을 걷어차
는 장면은 완전 영화였기 때문이다.

그런데 문제의 장면은 저명한 작가이자 뮤지션의 반
열에 올라 있는 이세나의 모습이 뚜렷하게 보인 것이
었다.

"앗! 저 아가씨는 이세나 씨잖아?"

"정말이네. 이세나 씨에게 물어보면 동영상 속의 인물이 최강권 씨가 맞는지 알 수 있겠네."

문제의 장면을 보겠다고 되돌리라는 성화에 한세동 기자가 동영상을 되돌리자마자 기자 하나가 이번에는 노경옥의 모습까지 확인해 버렸다.

"앗! 저 아가씨는 완전 최강권 씨의 부인인 노경옥 여사잖아?"

"맞다. 정말 노경옥 여사가 맞아. 그렇다면 동영상 속의 인물은 최강권 씨가 분명하겠는 걸."

"역시 밤의 황제는 아무나 할 수 있는 것이 아니야."

일이 이렇게 되자 상황은 우려에서 흥미롭겠다는 쪽으로 바뀌기 시작했다.

이어지는 외신 기자들의 질문들.

그런데 환 종합매니지먼트의 답변은 의외의 것이었고 한결같았다.

"우리 회장님과 붙는 사람들은 그가 누가 되었든 호되게 당할 것입니다. 우리 회장님께서 자신을 옐로우 멍키라고 폄하한 자들에게 단단히 벼르고 계시기 때문입니다. 확실한 것은 우리 회장님께서 지상 최강의 사나이라는 사실입니다. 우리 회장님께서 마음만 먹는다면 경기가 시작되자마자 상대는 다들 뻗어 버릴 것입니다. 이건 변함없는 진리이지요."

*오링 테스트:

오링 테스트는 미국에서 DC(Doctor of Chiropractic)들이 중심이 되어 만들어진 AK(Applied Kinesiology)라고 해서 근력 테스트를 통해 진단과 치료를 하는 학문이다.

본래 전신 근육을 대상으로 테스트하던 것을 일본인 노무가 간단하게 정립시킨 게 세상에 알려진 오링 테스트이다.

오링 테스트의 의의로는 우리 몸에 긍정적인 자극이 오면 근력이 강해지고 부정적인 자극이 오면 근력이 약해진다는 것이다.

예를 들면 자극은 엄지와 검지를 이용해서 음식을 잡는다든지, 입안에 넣어 머금어본다든지, 냄새를 맡아본다든지, 다른 색의 옷들을 입어본다든지, 그 외에도 갖가지의 다른 자세들을 취해보는 것도 된다.

심지어는 향하는 방위에 따라서도 손가락을 포함한 전신의 근육들의 힘이 달라진다. 물론 상당히 유용하고 나름 의의가 있다.

그렇지만 변수가 너무 많고 재현성이 떨어지는 면이 있기 때문에 참고하되 전적으로 의지하는 것은 좋지 않다.

제2장
누리축구단,
걔네들 도대체 어떤 애들이야?

그리스 대표팀과의 경기는 환 종합매니지먼트에서 발표한 세계 최강 파이터 대회에 다소 묻힌 감은 있었지만 여전히 열기가 뜨거웠다.

이미 Dr. Seer의 월드 투어 콘서트와 함께 예매가 된 까닭이었다.

2004년에 올림픽이 벌어졌던 아테네 종합 경기장은 수용 인원이 71,030명인 매머드급 경기장이었다.

아테네 종합 경기장은 스피로스 루이스 스타디움으로도 불리는데 이는 1896년 근대 올림픽 마라톤 우승자의 이름을 딴 것이라고 한다.

누리축구단과 그리스 대표팀 간의 경기가 시작하는 시간이 오후 3시였는데 아침부터 경기장 주변에는 유럽 각지에서 온 사람들로 북적거렸다.

신생 팀인 누리축구단이 세계 축구계의 다크호스인 터키를 9:0이란 압도적인 스코어로 이긴 여파였다.

"설마 오늘도 누리 클럽이 그리스 대표팀을 이길 수 있을까?"

"나는 아마 누리축구단이 이길 것 같아. 그리스 대표팀의 전력이 만만치는 않아도 터키를 그렇게 압도적인 스코어로 이길 수 없잖아."

"그래? 으음, 나는 보비 찰튼과 베켄바워의 말대로 될 것 같다고 생각하는데. 그러니까 그리스 대표팀이 근소한 점수 차이로 이길 것 같아."

"나는 그렇게 생각지 않아. 누리 클럽이 터키 대표팀과의 시합 때 보여준 전력이라면 적어도 2~3골 차이로 이길 것 같아."

"하지만 작년 UEFA 유로에서 보여준 그리스 대표팀의 전력을 생각해 봐. 그 전력이라면 어떤 팀과 붙어도 호락호락하게 당하지는 않을 거야. 세계 최고라는 스페인과의 결승전에서 연장전까지 가는 접전을 벌여서 아깝게

졌잖아. 지금 그리스 대표팀의 전력은 UEFA 유로 2004년에 포르투칼을 꺾고 우승했던 그 정도의 전력이라고 평가받고 있어. 그리스 대표팀이 2010 남아공 월드컵에서 한국 대표팀에게 2:0으로 지기는 했지만 그건 어디까지나 그리스 대표팀이 월드컵에서는 약한 징크스가 있기 때문이라고. 나는 오히려 그리스 대표팀이 1~2골 차로 이길 것 같은데?"

"좋아. 우리 내기하자. 나는 누리 클럽이 이긴다는 것에 걸고, 너는 그리스 대표팀이 이긴다는 것에 걸고 말이야."

"좋아. 콜."

입장하는 시간을 기다리는 동안 이와 같은 내기가 스피로이 루이스 스타디움 곳곳에서 이루어지고 있었다.

전문가들도 그만큼 예측불허의 경기가 될 것으로 전망하고 있었다.

그 시각 백룡호에서 출전을 기다리는 누리축구단 선수들은 감독에게 청천벽력 같은 말을 듣고 있었다.

"오늘 있을 그리스와의 시합은 너희들이 서로 협의해서 경기하도록 해라."

"예에? 감독님, 그게 무슨 말씀이십니까? 우리들이 협의해서 경기를 하다니요?"

"말 그대로다. 나는 오늘 코치석에 앉아 있기는 하겠지만 철저하게 관중의 입장에서 경기를 보겠으니 오늘 시합은 너희들이 알아서 하도록 해라."

"감독님, 그건 너무 무책임한 말씀이 아니십니까?"

누리축구단 선수들은 엄청 황당한 듯 서로의 얼굴을 쳐다보다 김강호가 총대를 멘 듯 감독에게 따졌다.

그러자 김장한 감독은 김강호의 벌겋게 달아오른 얼굴을 보고는 빙그레 웃으며 말했다.

"강호를 비롯해서 너희들 모두 잘 듣도록 해라. 그리스 대표팀과의 경기는 너희들의 실력을 키워주는 하나의 단계일 뿐이야. 정작 너희들이 기필코 이겨야 할 경기는 앞으로 50여 일 후에 벌어질 '온누리배 국제축구대회' 다. 너희들에게 거금을 들이고 계시는 회장님의 주머니에서 나온 1억 달러란 거금이 외국 팀에게 뺏기는 것을 두고 보지는 않겠지? 그렇다고 물론 이 경기가 아무런 의미가 없다는 것은 아니다. '온누리배 국제축구대회'에서 어떤 팀에게도 지지 않기 위해서는 너희들은 좀 더 새롭게 바뀌어야 한다. 너희들 전부가 경기 전반에 대해 파악할 수 있는 시야를 가져야 한다는 것이다. 그건 창의적인 플레이를 할 수 있는 가장 기본적인 조건이다."

"감독님, 혹시 보비 찰튼과 베켄바워의 말 때문에 그러십니까?"

"그렇다. 그들의 말처럼 너희들은 스펙은 뛰어나지만 아직 경기 경험이 일천하고 또한 창의적인 플레이를 하지 못한다. 이는 비단 너희들 문제만은 아니고 우리나라 축구 선수들 대부분이 갖고 있는 문제점이다. 내가 너희들에게 팁(조언)을 주자면 시야를 넓게 가지라는 것이다. 이제 경기가 한 시간 정도 남았으니 너희들 스스로 오늘 경기에 쓸 작전을 짜도록 해라."

"예. 알겠습니다. 감독님."

같은 시각 그리스 라커룸에서도 작전 회의가 벌어지고 있었다.

감독은 페르난도 산투스로 덕장(德將)으로 알려져 있다. 그래서인지 라커룸의 공기가 화기애애했다.

그런데 그들의 작전 회의는 조금 이상했다.

작전 회의인지 조롱 회의인지 모를 정도로 누리축구단

선수들에서 시작된 조롱은 한국 사람들로 비화됐고 나아가 황인종에 대한 조롱으로 일관되었던 것이다.

"하하하! 오늘 노란 꼬맹이 원숭이들과 한판하는 것 잘 알고 있겠지?"

"옛썰, 캡틴. 잘 알고 있습니다. 물론 노랑 원숭이들에게 자동차나 조립하라고 보내 버릴 것입니다."

"저도 알렉산드로스의 말에 공감합니다. 사우스 코리아의 한도라는 자동차 회사에서 만든 자동차를 타보니까 꽤 괜찮더군요. 주장, 소크라테스의 말처럼 그렇게 하도록 하죠."

"하하하하, 그렇습니다. 축구는 우리가 할 테니 노랑 원숭이들은 자동차나 조립하고 TV, 휴대폰이나 만들라고 완전 보내 버려야 합니다."

말이 이상했다. 그리스 대표팀으로 봐선 누리축구단은 자국에 도움을 주기 위해서 방문한 팀인데 이런 식으로 폄하를 할 수 있단 말인가?

물론 그리스 선수들 중에는 이런 것을 의식한 듯 얼굴을 굳힌 선수들이 없는 것은 아니었지만 대부분의 선수들은 분위기를 즐기고 있었다.

선수들의 농을 들으며 감독 페르난도는 선수들에게 긴

장을 풀어주고 전의를 불러일으키려는 자신의 의도가 맞아 들어가자 흡족한 표정을 지으며 말했다.

"여러분들의 생각대로 축구는 우리가 할 테니 저들 노랑 원숭이들을 가전제품이나 조립하게 만들어야 한다."

페르난도는 잠시 말을 멈추고 선수들의 면면을 쭉 훑어보고는 말을 이었다.

"작년 스페인과 싸웠던 그 전략을 그대로 사용한다. 키가 크고 몸싸움에 능한 요르고스가 노랑 원숭이들의 문전에 가서 패스를 기다려라. 나머지들은 탄탄하게 수비를 구축하고 있다가 볼을 잡으면 무조건 킥에 능한 알렉산드로스에게 패스하는 것을 잘 알고 있겠지? 그리고 알렉산드로스의 패스를 받은 요르고스가 결정타를 먹이는 거다. 잘 기억하고 있겠지?"

"옛썰. 노랑 원숭이들 쯤은 문제없습니다."

"어린 녀석들의 기를 키워주면 뒷감당이 힘드니까 정신을 차리지 못하도록 호되게 몰아붙여야 한다. 그러기 위해서는 거칠게 다루는 것도 고려해야 한다."

페르난도 감독은 자신의 말을 강조하기 위해서 잠시 뜸을 들였다.

페르난도가 주문한 거칠게 다루는 것도 고려해야 한다
는 말은 적절히 반칙을 섞으라는 것이었다.

산전수전을 다 겪은 노련한 그리스 선수들이 감독의
주문을 모를 리 없다.

페르난도는 선수들의 면면을 훑어보면서 말을 이었다.

"까딱 잘못하다가는 우리도 노랑 원숭이들에게 터키
꼴이 나기 쉬우니 정신을 바짝 차리도록. 우리 팀은 유로
2012년 준우승 국가임을 명심하도록. 이상."

"옛썰. 승리를 즐기시도록 하겠습니다."

"염려하지 마십시오. 우리는 반드시 이길 것입니다."

페르난도 감독이 웃는 얼굴로 라커룸을 나가자 그리스
선수들은 주장 소크라데스를 중심으로 모였다. 그리고 기
다렸다는 듯 UEFA 유로 2004 포르투칼과의 결승전에
서 결승골을 터트려 그리스 팀의 정신적 지주가 된 앙겔
로스가 말했다.

"이 애들은 아니지만 2010년 남아공 월드컵에서 2:0
으로 패배를 당한 아픔을 갚아주도록 하자."

대표팀의 가장 연장자이자 정신적 지주이기도 한 앙겔
로스의 말에 그리스 선수들은 잠시 숙연한 표정을 지었
다.

그리고는 그리스 대표팀 선수들의 눈동자에는 누리축구단에 대한 적의가 불타올랐다.

"캡틴 앙겔로스, 걱정하지 말아요. 우리는 이길 거니까."

"그래. 좀 더 분발해서 이번에는 본때를 보여주도록 하자."

"노랑 원숭이 새끼들 가만 두지 않겠어."

"요르고스, 너무 터프하게 하지는 말자. 자네는 스코틀랜드에 가더니 너무 터프해진 경향이 있는 것 같아."

앙겔로스가 말한 요르고스는 우리나라에는 기승용과 차둘이가 각각 첼시와 LA갤럭시로 이적하기 전까지 기차 듀오와 한솥밥을 먹었던 선수로 알려져 있다.

한때는 동료로 친하게 지냈지만 이제는 같은 소속이 아니어서 그런지 거침없이 독설을 뱉고 있었다.

이런 요르고스의 심리 상태는 아마도 거액을 받고 빅 리그로 이적해서 요즘 잘나가고 있는 기승용에 대한 질투감이 없지 않아 있었다.

요르고스는 원래 빅 리그에 속하는 멘체스터 시티 소속 선수였지만 셀틱으로 강제 임대를 당해서 193cm 장신이지만 그라운드 볼에도 능숙한 선수였다. 그리스 선수들의 이런 심리 상태는 경기에서 어떻게 반영이 될지 대충 짐작이 가는 대목이었다.

❖　　❖　　❖

오후 세 시가 되자 경기는 방문 팀인 누리축구단의 선축으로 시작되었다.

성재만이 옆으로 밀어주자 박치수가 양쪽으로 빠르게 침투하고 있는 오경호와 송태진에게 패스할 기회를 노리고 슬슬 그리스 진영을 헤집고 다녔다.

박치수가 현란한 개인기로 한 명, 두 명 제쳐 나가자 관중들은 탄성을 지르다 급기야 박치수의 응원가인 뺀질이송을 불러대기 시작했다.

[와! 와! 최고다! 뺀질이!]

[나 어떻게! 반한 것 같아. 파이팅, 뺀질이!]

[나이스 뺀질이, 나이스나이스 뺀질이, 나이스나이스 나이스 뺀질이!]

[나이스 뺀질이, 나이스나이스 뺀질이, 나이스나이스 나이스 뺀질이!]

일방적인 응원이었다.

관중들의 응원만 보아서는 여기는 분명 그리스 아테네 올림픽 스타디움이 아니라 대한민국 서울의 상암 월드컵 경기장이었다.

그리고 특이한 것은 한국에서만 사용하는 응원 용어인 "파이팅!"이란 단어를 사용한다는 것이었다.

마치 관중들 대부분이 치명적인 한류 바이러스에 감염이 된 것처럼.

이후 10여 분간은 일방적인 관중의 응원으로 사기가 잔뜩 오른 누리축구단의 페이스였다.

아직까지 그리스 선수들은 볼을 단 한 번도 잡아보지도 못했다.

그렇지만 그리스의 수비는 철옹성 같아서 누리축구단이 페널티 라인 안으로 들어오는 것을 허용치 않았다.

아니, 수비를 잘한다기 보다는 전혀 공격할 의사가 없는 듯 단 세 명의 선수를 빼놓고는 페널티 라인 안에서 나오지도 않고 있었다.

그렇다고 누리축구단 선수들이 상대가 바글바글한 페널티 라인으로 성급하게 치고 들어가는 것도 여의치 않았다.

'뭐 이딴 녀석들이 있어?'

박치수는 이대로는 안 되겠다는 생각이 들었는지 공을 잡자 과감하게 돌파해 나가기 시작했다.

그러자 관중들의 뺀질이송이 스피로스 루이스 스타디움에 울려 퍼졌다.

[나이스 뺀질이, 나이스나이스 뺀질이, 나이스나이스 나이스 뺀질이!]

[나이스 뺀질이, 나이스나이스 뺀질이, 나이스나이스 나이스 뺀질이!]

세 명을 제치면서 페널티 라인 안으로 파고든 박치수는 회심의 슈팅을 날렸다.

박치수의 발을 떠난 볼은 골키퍼가 도저히 손을 쓸 수 없는 구석으로 파고들었다.

"와! 골이다."

관중들이 일제히 일어나서 박치수의 환상적인 슈팅에 탄성을 질렀다.

텅!

그런데 안타깝게도 볼은 네트를 건드리지 못하고 크로스바를 맞히고 그라운드로 떨어지더니 회전을 먹고 그대로 튕겨져 나왔다.

골이냐? 아니냐?

관중들의 시선은 선심의 깃발로 향했다.

그렇지만 선심은 깃발을 올릴 생각이 전혀 없는 듯했다.

[에이!]

관중들의 입에선 일제히 안타까움의 탄성이 토해졌다.

그러나 그것도 잠시 페널티 라인 외곽에 서 있던 더러코 성재만이 튀어나오는 공을 논스톱 발리슛으로 그대로 걷어찼다.

뻥!

볼이 다시 그리스 골대로 향했는데 어째 골대 안으로 들어갈 것 같지 않게 엄청난 높이로 치솟아 올라가는 것이었다.

[에이!]

이번엔 관중들의 입에서 실망의 탄성이 새어 나왔다.

그런데 그 순간 볼이 갑자기 뚝 떨어져 골대 안으로 빨려 들어가는 것처럼 보이자 관중들의 입에서 다시 탄성이 터져 나왔다.

[와! 무회전 드롭킥이다.]

논스톱으로 무회전 킥을 구사하는 것이 쉽지 않는 것

이어서 감탄을 하고 있는 것이다. 그리고는 잠시 감탄을 하더니 누군가에 의해서인지 성재만의 응원가인 더러코 송이 불러지고 있었다.

[골 더러코, 골골 더러코, 골골골 더러코.]

하지만 누리축구단에 득점 운이 없었던지 볼은 다시 박치수가 맞힌 그 자리에 그대로 맞고 튀어나오는 것이 아닌가?

그런데 이번에도 역시 선심의 깃발은 올라갈 줄 몰랐다.

이에 관중들의 입에서는 심상치 않은 반응이 나오기 시작했다.

[에이! 저거 골 아니야? 그리스 이거 심판들하고 짜고 하는 것 같은데.]

[맞아. 심판들 전부 엉터리들이야. 분명, 골라인을 넘은 지점을 맞고 다시 나오는 것 같았어.]

관중들의 이런 투덜거림을 들은 것처럼 중계방송을 하는 ESPM에서 문제의 장면을 여러 번 리플레이로 재현했다.

그런데 문제는 볼이 슬로우 비디오 화면으로도 확연한 판정을 내리기 어려울 정도로 애매한 지점에 떨어졌다는 것이었다.

왕년의 스타플레이어이자 ESPM 해설가인 베콘은 골로도 노 골로도 볼 수 있는데 그건 어디까지나 심판의 재량이라고 해설했다.

따라서 심판이 골이 아니라고 판정이 내려졌으니 노 골이라는 말이었다.

그때 느닷없이 스피로스 루이스 스타디움의 전광판에서 문제의 장면이 3D 그래픽 화면으로 나타나기 시작했다.

경기를 보고 있던 '달'이 전광판을 조작한 결과였다.

그런데 이 3D 그래픽 화면에는 두 장면 모두 볼이 골라인을 넘은 것으로 보여진다는 데서 어째 논란의 빌미가 될 것 같은 예감이 들었다.

[야! 저거, 저 분명 골이 맞잖아.]

[우우, 실력으로는 안 되니까 심판을 매수해서 이기려고 하네. 이건 완전 주최 측의 농간이라고.]

[맞아. 누리축구선수단 완전 최고다.]

[터키는 비록 9:0으로 지긴 했지만 완전 신사적으로 플레이했는데 그리스 이것들은 왜 이렇게 지저분하게 경기를 해. 역시 그리스가 IMF 상황까지 가게 된 것도 다

이런 이유가 있다니까.]

관중들의 웅성거림에 경기를 보고 있던 강권이 인상을 찌푸렸다.

자기가 봤을 때는 분명 두 번 다 골라인에 걸쳐 있었으니까 노 골이 맞았다.

자기 눈이 잘못되지 않았다면 분명 '달'의 조작이 분명했다.

'이런 녀석하고는. 하여간 '달'이 녀석은 사고뭉치라니까.'

이미 한 번 저질러 버린 일이니 강권으로서도 어쩔 수 없는 일이 아닐 수 없었다.

문제는 이 두 번의 크로스바를 맞힌 것은 경기 양상이 변하게 되는 단초가 되었다는 것이었다.

페널티 라인 근처에서의 중거리 슛이 연달아서 크로스바를 맞히자 페널티 박스 내부에 밀집되어 있던 그리스 선수들이 위기감을 느꼈는지 슛을 쏘지 못하게 좀 더 적극적으로 나와서 수비를 하게 된 것이다.

그리고 그리스 선수들이 좀 더 와일드(와일드라고 쓰고 더티라고 읽는다.)한 플레이로 누리축구단의 선수들을 압박하기 시작하였다.

헤딩하는 척하면서 몸으로 부딪히기, 주심이 보지 않는 순간 팔꿈치로 가격하기, 옐로우 멍키라고 약 올리기, 심지어는 얼굴에 침을 뱉기까지 했다.

그것을 본 '달'은 잔뜩 흥분을 강권을 채근했다.

─야! 주인아! 저걸 보고만 있어야 돼? 내가 어떻게 해 볼까?

"뭐? 그럼 어떻게 하자는 건데?"

─축구는 신사의 나라인 영국에서 만들어져서 페어 플레이가 생명이라는 말이 있더라고. 저렇게 지저분하게 축구를 하는 녀석들은 다시는 그라운드에 발을 붙이지 못하게 해야지 않겠어? 내가 레이저를 쏴서 녀석들을 죄다 맹인들로 만들어 버릴까? 그럼 일방적으로 이길 수 있잖아.

"……."

'달'의 말에 강권은 너무 황당해서 할 말을 잃어버렸다.

─주인아, 그렇게 있지만 말고 주인이 들어가서 녀석들을 죄다 꼼짝 못하게 혈도를 팍 짚어 버리라고. 이 기회에 몰리모프 아티펙트의 성능도 시험해 보고 일거양득이잖아. 그렇지 않아?

강권은 '달'의 성화에 당장 그라운드에 들어가서 녀석들의 혈도를 짚어 버리고 싶은 충동을 느꼈다.

그런데 뜻밖의 사태에 이런 충동을 억눌러야 했다.

'해'에게서 긴급한 사안의 보고가 있다는 연락이 왔기 때문이었다.

―주인님, 급하게 보고를 드려야 할 사안이 두 가지가 있습니다.

"급하게 보고해야 할 두 가지 사안이라고? 뭣들인데?"

―주인님, 죄송합니다. 생각해 보니 잠시 정정해야 할 것 같습니다. 두 가지 긴급한 사안이 아니고 급한 것 하나와 반드시 알아두셔야 할 것 하나입니다.

'에휴, 이 범털이 같으니라고. 꼭 그렇게 따져야 하는가?'

이처럼 '해'는 논리적으로 꼼꼼하게 따져서 잘못된 것이 없어야 했다.

그게 '해'의 장점이자 단점이었는데 그것은 아마 '해'가 드래곤의 진실만을 말하려는 특성을 제대로 물려받았기 때문일 것이다.

이에 반해서 '달'은 어느 정도 의사 전달만 되면 두루뭉술하게 넘어가려 했다.

강권은 어쩌면 이런 엄청 인간적인(?) '달'이 드래곤에게서 구박깨나 받았을 것 같은 생각을 한 적이 있었다.

강권은 가만히 한숨을 내쉬고는 조용한 어조로 물었다.

"그러니까 그것들이 뭐와 뭐냐니까?"

—예. 주인님, 반드시 아셔야 할 것과 급한 것 중에서 어떤 것을 먼저 보고해 드릴까요?

"에효, 아무거나 먼저 말해."

강권은 이렇게 말했다.

다시 정정해야 했다.

'해'가 우물쭈물하고 있었기 때문이다.

'해'는 강권의 의사가 명확하게 반영이 된 명령은 무슨 일이 있어도 완수하지만 반면에 정확하게 반영되지 않으면 일을 하지 못했다.

"아니야. 반드시 알아야 할 것을 먼저 말하고, 급한 것은 나중에 보고해."

—예. 주인님. 우리 누리축구단에 9:0으로 참패한 터키 대표팀 선수들 중에서 골키퍼와 공격수 한 명이 죽었습니다. 터키 경찰의 발표로는 공격수가 어떻게 9골이나 먹을 수 있냐고 말한 것이 화근이 되어 골키퍼가 공격수를 죽이고 자살을 했다는 것입니다. 급한 것은······.

"뭐야? 무슬림들은 자살을 죄로 여기지 않나?"

―예. 코란에서 자살을 정확하게 죄로 규정하고 있지는 않지만 부정적으로 보고 있는 것은 사실입니다. 그리고 급한 것은 베네수엘라인 쿠엔티노라는 사람이 23C 미래의 지식에 대한 *특허와 실용신안을 상당히 많이 냈다는 것입니다.

강권은 서원명처럼 미래에서 산 전생의 기억을 갖고 있는 사람이 또 있을 것이라는 생각은 했었지만 정작 그런 경우를 당하자 좀 찜찜한 기분이 들었다.

"그 쿠엔티노란 자에 대해서 좀 알아봐."

―예. 주인님 그러실 줄 알고 그에 대해서 어느 정도 파악해 두었습니다. 자모라 쿠엔티노, 베네수엘라 수도인 카라카스에서 1988년 9월 17일에 출생. 어려서 자폐증으로 고생하다 2012년 초에 치료의 일환으로 퇴행 실험을 하다가 전생의 기억을 떠올리게 되었을 것으로 추정됨. 그 후 엄청난 천재로 베네수엘라 전역을 뜨겁게 달구었음. 대충 이 정도입니다.

'휴우, 섬뜩하군. 만약에 서원명의 전생을 늦게 알아냈다면 녀석이 전부 특허를 냈을 거 아냐? 더 다행인 것은 특허를 내둔 것이 많다는 거겠지.'

"알았어. 쿠엔티노를 계속 주시해."

강권은 여기까지 말했다가 '해'에게 맡겨 놓으면 완전 FM인 '해'의 특성상 합법적인 테두리 내에서만 조사할 것 같다는 생각이 들었다.

물론 합법적인 것도 좋긴 하지만 이건 우리나라의 미래가 달린 일이어서 수단 방법을 가리지 말아야겠다는 생각이 문득 들어서 '달'에게 맡기는 게 낫겠다는 판단을 내리고는 명령을 철회했다.

"아니다. '해'야 그건 '달'이 더 적합할 것 같으니 '달'에게 맡기겠다. 그러니까 그동안 쿠엔티노에 대해서 조사한 것을 '달'에게 넘기도록. 알겠지?"

─예. 알겠습니다. 주인님.

─주인아, 이제야 내 능력을 제대로 아는구나. 킬킬킬킬.

"뚝 그쳐. 그렇게 기분 나쁜 웃음을 웃으면 '해'에게 계속 조사하게 하는 수가 있어."

─에이, 주인아 어떻게 사내대장부가 한 입 갖고 두말하려고 그러냐? 앞으로는 그렇게 웃지 않을 테니 내가 하게 그냥 둬줘. 으응?

강권은 결국 '달'이 쿠엔티노에 대해서 조사를 하게

할 수밖에 없었다.

한편 경기는 그리스가 2:0으로 이긴 채 전반전이 끝났다. 계속되는 그리스 선수들의 반칙에 열을 받아 누리축구단의 어린 선수들이 자멸한 결과였다.

그걸 본 강권은 열불이 났다.

'이 자식들이 그렇게 치사하게 나온단 말이지? 좋아. 내가 본때를 보여주지.'

강권은 정윤술 원장과 김장한 감독을 불러 후반전에 자신이 나가겠다고 말했다.

"예에? 회장님께서 직접 나가시겠다고요? 하지만 회장님의 성함이 제출 명단에는…… 아! 있기는 있군요. 그런데 회장님 성함으로 출전하시면 좀……."

최강권은 혹시 몰라서 누리축구단 후보에 자신의 이름을 올려두었었다. 또 정식 A매치 경기라면 경기에 뛸 수 있는 인원이 18~23명 정도로 제한이 되지만 이것은 비공식 경기이기 때문에 누리축구단에 속해 있으면 누구나 경기에 뛸 수 있었다.

따라서 강권이 선수로 뛰는 것에는 아무런 문제가 없었다.

그렇지만 강권이 선수로 뛰면 여러 가지 문제가 발생할 수 있었다.

김장한 감독이 우려하는 게 그것이었다.

그런데 강권은 태연하게 대꾸했다.

"다 수가 있소. 성재만 선수를 잠시 불러주시오."

"예. 재만이를 부르는 거야 뭐가 어렵겠습니까만 그래도……"

"김장한 감독, 어지간해서는 나도 참으려고 했었소. 그런데 녀석들이 하는 행동이 도가 넘어서 도저히 참을 수가 없소. 생각해 보시오. 터키라고 그렇게 해서라도 이기고 싶지 않았겠소? 하지만 터키는 우리가 자기네 나라를 위해서 특별히 경기를 한다는 마음에서 끝까지 페어플레이를 펼쳤소. 반면에 저 녀석들은 어떻소? 우리를 이기려고 어린 선수들에게 저렇게 더티한 플레이로 일관하지 않소?"

강권은 한숨을 내쉬어 열을 식히려는 듯 잠시 뜸을 들이다 말을 이었다.

"조금 전 우리 팀과 경기를 벌였던 터키 선수들 중에서 두 명이 죽었다는 소식을 접했소. 페어플레이의 대가로 너무나 가혹하지 않소? 그것이 나로 하여금 더 못 견

디게 하니까 말리려는 생각은 추호도 하지 마시오."

"예에? 예. 알겠습니다. 회장님."

"하지만 회장님, 재만이와 회장님과는 생김새가 다른데 어떻게 그게 가능합니까?"

정윤술 원장은 강권의 능력이 어떻다는 것을 잘 알고 있어서 순순히 대답을 했지만 김장한 감독은 여전히 못마땅하게 생각을 하고 있는 듯했다.

축구라는 게 마음만 가지고 되는 게 아니라는 생각에서였다. 그런데 잠시 후에 강권의 달라진 모습에 김장한 감독은 기겁했다.

완전 성재만의 모습과 똑같았기 때문이다.

"어, 어떻게……."

"다 그런 것이 있으니까 너무 깊이 알려고 하지 마시오."

강권이 신비로운 미소를 머금으며 대답했지만 김장한은 여전히 강권이 성재만을 대신에 뛰겠다는 것이 못마땅했다.

더욱 못마땅한 것은 자신을 찾아온 성재만을 다짜고짜 기절시켜 버리는 만행을 서슴지 않았다는 것이었다.

'좋아. 얼마나 잘하는지 두고 보자고.'

제자가 단지 자고 있다는 것을 확인한 김장한 감독의 속내였다.

그렇지만 김장한 감독의 이런 불만은 후반전을 보면서 완전 달라졌다.

'어, 어떻게 이럴 수가……'

김장한 감독은 비록 지금은 하반신이 마비되어 휠체어 신세였지만 초등학교 5학년 때 처음 축구를 시작한 이래 근 30여 년을 축구와 함께 살았다고 해도 과언이 아니었다. 그런데 강권처럼 축구를 잘하는 사람은 처음이었다.

그리스의 선축으로 후반전이 시작되고 얼마 후에 강권이 가로채기를 하더니 30여 미터를 단독 드리블 해서 그리스 진영을 넘자마자 슛을 때렸다.

골키퍼가 나온 것을 보았다고는 하지만 근 50m의 완전 장거리 슛이었다.

순간 김장한은 너무 무리한 슛이 아닌가 하는 생각을 했다.

그런데 이게 어떻게 된 일인가? 누가 보아도 무리한 그 슈팅이 정확하게 그리스 골네트에 꽂히는 게 아닌가?

그런데 더욱 기함을 하게 만든 것은 전문가인 김장한의 눈에도 그건 어쩌다 맞아떨어진 행운의 골이 아니라 철저하게 계산해서 쏜 슈팅으로 보였다는 것이다.

그렇지만 너무나 엄청난 슛이어서 좀처럼 믿어지지가 않았다.

'설마 진짜로 골을 노리고 슈팅을 때린 건 아니겠지? 만약 그렇다면 완전 축구의 신인데…….'

김장한이 이런 상념에 빠져 있는 동안 스타디움에선 난리가 났다.

50여 미터를 라이나성으로 빨랫줄처럼 날아간 볼이 상대 네트를 갈랐기 때문이었다.

[와! 언빌리버블.]

[더러코 최고다.]

[골 더러코, 골골 더러코, 골골골 더러코.]

[골 더러코, 골골 더러코, 골골골 더러코.]

[한 골 더. 한 골 더.]

[더러코 부탁해요. 한 골 더.]

김장한은 관중들의 환호성에 비로소 정신이 들었다.

다시 한 번 생각을 해 봐도 도저히 믿어지지 않는 킥력이 아닐 수 없었다.

김장한은 어느 정도 정신을 차리자마자 신음하듯이 정윤술에게 물었다. 문득 정윤술이 강권이 뛰겠다는 것에 대해 암묵적으로 환영하는 듯 말했다는 것이 생각났기 때문이다.

"윤술아, 너 회장님이 저렇게 축구를 잘한다는 것 알고 있었냐?"

"하하하, 장한아, 너 우리 회장님을 머리로 이해하려 하다가는 니 좋지도 않은 머리에 쥐가 나는 수가 있다. 그냥 현실로 받아들이는 것이 나을 거야."

"아무리 그렇지만 이건……."

"하하하, 장한아, 회장님께서 작정을 하신 것 같으니까 모르긴 몰라도 아마도 오늘 그리스는 곡소리 날 거다."

이때까지만 해도 김장한은 설마 하는 마음이었다. 그런데 후반 시작하고 불과 5분 만에 해트트릭을 기록하자 정말 그럴 수도 있겠다는 생각이 들었다.

이런 김장한의 생각이 점점 구체화된 것은 강권이 역전을 시키자 누리축구단의 선수들도 차츰 제 기량을 발휘하기 시작했다는 것에 있었다.

발발이 송태진과 쌕쌕이 오경호가 좌우측을 번갈아 날

아다니고 있었고 뺀질이 박치수는 현란한 개인기로 중앙 수비수들을 완전 농락하고 다녔다.

더욱 놀라운 것은 어떻게 했는지 몰라도 그리스 선수들이 강권에게 집중적으로 거친 반칙을 했는데 정작 나가떨어진 쪽은 반칙을 한 그리스 선수들이라는 점이었다.

"어, 어떻게 저럴 수 있지?"

"하하하, 장한아, 머리로 이해하려 들지 말라니까. 아마 반칙한 녀석은 앞으로 최소 6개월 동안은 축구를 하지 못할 거다."

"그, 그게 무슨 말인데?"

"뭐, 그런 것이 있어."

정윤술은 짐작 가는 것이 있어 이렇게 얼버무렸다.

김장한에게 무협지에서나 나올 법한 혈도를 짚어서 그렇다고 말할 수 없었기 때문이었다.

정윤술이 더 이상 말을 하지 않을 것 같아 김장한은 정윤술의 말대로 더 이상 강권을 이해하겠다는 생각을 포기하고 그저 경기를 즐기기로 했다.

그런데 보면 볼수록 강권의 플레이에 매료되지 않을 수 없었다.

후반 20분이 경과했는데 그 짧은 시간 동안 강권이 5골을 넣고 세 골은 어시스트를 했기 때문이다. 나머지 두 골도 모두 시작은 강권의 가로채기에서 비롯되었으니 따지고 보면 누리축구단이 넣은 10골에 강권이 모두 관여한 셈이었다.

"유, 윤술아, 우리 회장님, 축구를 하시게 하면 안 될까? 안 되겠지?"

"뭐어? 이런 녀석하고는. 우리 회장님께서 뭐가 아쉬워서 핏덩이 애들하고 볼이나 차고 계시겠냐?"

"그, 그렇지만 저런 재능을 그냥 썩힌다면 우리 축구계의 엄청난 손실이잖아?"

"하하하, 장한아, 니 말도 일리가 없는 것은 아니다만 만약 우리 회장님께서 축구를 하신다면 세계 축구계는 엄청난 평지풍파가 일어날 걸. 생각해 봐라. 저러시는데 어느 팀이 회장님이 낀 팀을 이길 수 있겠냐? 그럼 축구가 재미가 없어질 테고, 관중들이 외면할 텐데 그래도 회장님께서 축구 하시기를 바라냐?"

말이 안 되는 것 같았지만 지금 하는 걸 봐서는 이해가 가지 않은 것도 아니었다.

축구공이 둥글어서 승부를 예측할 수 없기 때문에 축

구가 재미있는 것이지 어느 팀이 붙어도 뻥뻥 나가떨어진다면 누가 비싼 돈을 줘가며 축구를 보려 하겠는가?

"하긴 이미 승자가 빤하다면 나라고 해도 축구가 보기 싫어지겠지."

"장한아, 그런데 그것보다도 우리 회장님께서 축구를 하시겠다면 대통령님께서 당장 말리려 하실 걸."

김장한은 정윤술의 말이 이해가 되지 않아 고개를 갸웃거렸다.

강권이 아무리 그룹 '환'의 회장이고 세계적인 POP Star라고는 하지만 어떻게 국가 중대사를 책임지는 대통령이 직접 나서서 해라, 하지 마라 한다는 말인가?

그 모습을 본 정윤술이 말을 덧붙였다.

"생각해 봐라. 우리 '환' 그룹에서 200여 건의 특허를 갖고 있는데 그중에서 진짜로 알짜배기인 100여 건의 특허는 전부 우리 회장님께서 발명하신 거야. 한 건에 최하 몇 억 달러의 가치가 있는 것들이지. 그런 엄청난 일을 하시는 회장님께서 기껏 코흘리개 애들하고 볼이나 차고 있어야 하겠냐? 아니면 그 시간에 최소 몇 억 달러가 왔다 갔다 하는 하나라도 더 발명을 하는 게 낫지 않겠냐? 어디 그뿐이냐? KM엔터테인먼트에서 월드 투어를

하는데 누구 때문에 꽉꽉 미어터지겠냐? 바로 우리 회장
님 때문 아니냐?"

정윤술의 말에 틀린 것이 하나도 없었다.

하지만 저런 재능을 묵힌다는 것은 아까운 건 아까운
것이었다.

"그건 그렇다 치고. 윤술아, 아까 우리 회장님께서 축
구를 하시겠다면 대통령님께서 당장 말리실 거라는 말은
무슨 말이냐? 그 시간에 발명이나 하라고 그러는 것은
아닐 테고 설마……."

"큼큼, 이건 우리끼리 애긴데…… 아니, 안 하는 것이
좋겠다."

정윤술이 얘기를 하려다 말자 김장한은 분명 뭔가 있
다는 생각이 들었다.

그래서 꼭 듣고 싶어서 어린아이처럼 조르기 시작했다.

"에이, 이건 말하면 안 되는데……."

"윤술아, 친구 좋다는 게 뭐냐? 너도 내가 어떻다는
것은 잘 알고 있잖아? 듣기만 하고 입은 꼭 봉할 테니 좀
알려줘라."

"알았다. 에이 괜히 말을 해 가지고 정말 난처한
데……."

정윤술은 약간 뜸을 들인 다음에 다시 한 번 다짐을 받고서야 얘기를 꺼냈다.

"믿어지지 않겠지만 서원명 대통령님과 우리 회장님께선 친구셔."

"설마? 나이 차이가 얼만데…… 내가 알기로는 스물일곱 살 차이니까 거의 아들뻘이잖아. 아니, 누가 보더라도 이건 완전 아들뻘이잖아."

"하하하, 장한아, 아까도 말했지만 우리 회장님을 머리로 이해하려 하다가는 머리에 쥐가 난다니까. 너도 알잖아. 서원명 대통령이 누구 때문에 대통령이 되었는지?"

"그건 그렇지만…… 대통령님의 연세는 50이 넘었고 우리 회장님께선 이제 겨우 이십대 초반인 걸로 알고 있는데 어떻게 친구가 될 수 있냐?"

"내가 거듭 말했지? 우리 회장님을 머리로 이해하려 하다가는 머리에 쥐가 난다고. 그나저나 축구 끝났다. 그런데 도대체 22:2가 뭐냐? 22:2가. 저게 어디 축구 스코어냐? 핸드볼 스코어지."

그랬다. 전반전에는 그리스가 의도적으로 수비에만 치우쳐서 볼 점유율이 70:30이었지만 후반전에 역전 당하고는 적극적으로 공격에 나섰지만 볼 점유율은 오히려

90:10으로 뒤쳐졌다.

그나마 10%의 볼 점유율도 22골이나 먹었기 때문이다.

경기가 끝나기도 전에 외신은 물론이고 인터넷 역시 누리축구단에 대한 기사로 도배가 되어 있었다.

그리고 더 경악스러운 것은 다음 날 알려지게 되었다.

경기에 일방적으로 진 그리스 선수들의 상당수가 더 이상 축구를 할 수 없게 되었다는 것이었다.

심리학자들은 그리스 선수들의 증상이 마치 외상후증후군과 같다는 진단을 내렸다고 한다.

그런데 이 증후군이란 용어가 웃긴 말이었다.

증상이 단일하지 않고 원인이 불분명할 때 쓰는 말이었기 때문이다.

하기야 축구를 할 수 없게 된 그리스 선수들의 증상이 천차만별이었으니 증후군이란 용어가 딱 들어맞기는 했다. 그렇지만 심리학자들이 강권이 혈도를 짚어서 그렇게 된 것인지 어떻게 알 수 있을 것인가?

*특허와 실용신안.

특허법은 발명을 보호·장려하고 그 이용을 도모함으로써 기술의 발전을 촉진하여 산업 발전에 이바지함을 목적으로 한다고 하고, "발명"이라 함은 자연 법칙을 이용한 기술적 사상의 창작으로서 고도한 것을 말한다고 규정하고 있습니다.

반면에 실용신안법은 실용적인 고안을 보호·장려하고 그 이용을 도모함으로써 기술의 발전을 촉진하여 산업 발전에 이바지함을 목적으로 한다고 하고 "고안"이라 함은 자연 법칙을 이용한 기술적 사상의 창작을 말한다고 규정하고 있습니다.

이렇게 따져 보면 고도한 것이 특허법이 다루는 발명이고, 그렇지 못한 것은 실용신안법에 적용을 받는 고안이 됩니다. (히히. 완전 말장난이지요.)

특허 제도는 전 세계 거의 대부분의 나라가 적용하고 있으나, 실용신안 제도는 전 세계적으로 약 20여 개국 정도만 운용하고 있습니다.

주로 선진 기술 강국으로부터 자국의 국내 산업 보호라는 정책적 목적에서 탄생한 제도라고 보면 되겠습니다. (그런데 아이러니한 것은 현재 최첨단의 기술을 보유하고 있다는 우리나라, 독일, 일본에서도 실용신안 제도를 채택하고 있는 점이지요. 우리나라야 그렇다 쳐도 독일과 일본은 선진 기술 강국이 아닌가? 하지만 18~9C의 산업혁명 시대를 생각해 보면 어느 정도 이해가 갈 것입니다.)

실용신안은 고안이나 유용한 기술을 대상으로 한다는 점에서 특허와 유사합니다. 하지만 다른 점도 있습니다.

특허는 물건의 발명과 방법의 발명이 모두 가능하지만, 실용신안은 반드시 물건의 발명에 한정된다는 점이 다릅니다. 또한 특허권의 존속 기간은 설정 등록 후 출원일로부터 20년, 실용신안권의 존속 기간은 설정 등록 후 출원일로부터 10년으로 되어 있어 서로 다릅니다.

또 하나 출원 서류의 형식적 측면에서 특허 출원서에는 필요한 경우에만 도면이 첨부하면 되지만, 실용신안등록 출원서에는 도면이 반드시 첨부되어야 한다는 점에서 차이가 있군요.

대충 이렇습니다.

제3장
The Victory

그리스 심장부인 아테네에서 그리스 대표팀이 창피할 정도로 깨졌지만 스피로이 루이스 스타디움은 완전 축제 분위기였다.

그도 그럴 것이 지금 스타디움 안에 있는 관중들의 90% 이상이 그리스인이 아니었고 다른 나라 사람들이었기 때문이다.

콘서트는 예정대로 열리기는 했지만 순서가 조금 달라졌다.

아니, 순서가 달라졌다고 하기 보다는 예정에 없던 순서가 생겼다는 것이 맞을 것이다. 그 예정에 없는 순서는 강권이 축구를 끝내고 샤워를 하다 문득 터키 선수들의 죽음에 즉흥적으로 떠오르는 것이 있어 지은 세 개의 즉흥곡 때문이었다.

정확하게 말하자면 그 세 개의 즉흥곡은 강권이 쓴 세 편의 시에 '해'와 '달'이 예전에 작곡해 두었던 곡을 갖다 붙인 노래들이었다.

[팬 여러분, 콘서트가 열리기 전에 벌어진 축구 경기는 흥겹게 보셨는지요?]

[예. 잘 보았습니다. 코리아 파이팅입니다요.]

MC를 보는 동방지존의 노윤호와 뮤즈 걸즈의 최수형의 오프닝 멘트에 청중들은 초등학교 어린아이들처럼 착실하게 대답을 했다.

KM 엔터테인먼트에서는 연습생이면 누구나 MC 교육을 시켜서인지 평소 MC를 잘 보지 않은 노윤호와 최수형은 청중들의 호응을 잘 이끌어 내고 있었다.

[감사합니다. 최수형 씨, 그런데 이번 콘서트의 오프닝 무대는 아주 특별하다면서요?]

[예. 저는 노윤호 님의 말씀처럼 엄청 특별한 무대가 될 것이라고 확신합니다. 물론 여러분께서도 아마 그렇게

느끼실 것이라고 확신합니다.]

　[수형 씨, 그렇게 뜸을 들이지 말고 발표해 주시죠.]

　[호호호, 그래야 하는데 이분께서 여러분께서 간절히 원하시면 나오시겠다고 하시네요.]

　[그렇게 말씀하시니 더 궁금해지는군요. 수형 씨, 이번 투어의 오프닝 무대를 펼치실 분이 누구시죠?]

　[Dr. Seer이십니다. 여러분들의 따뜻한 박수로 Dr. Seer를 불러주십시오.]

　[와아!]

　짝, 짝, 짝, 짝.

　[Dr. Seer, Dr. Seer, Dr. Seer.]

　지금까지의 콘서트는 Dr. Seer가 피날레를 장식했기 때문에 청중들은 좀 색다르다는 생각에서 환성을 질러댔다.

　강권은 수형의 소개에 무대에 모습을 드러냈다. 그런데 특이한 것은 가슴에 조의(弔意)를 표시하는 검은 리본을 달고 있다는 점이었다.

　[여러분의 뜨거운 환대에 항상 감사한 마음을 갖고 있는 Dr. Seer입니다. 그런데 오늘은 좀 안타까운 소식을 전하는 것으로 시작해야 할 것 같습니다.]

[…….]

[축구 경기가 전반이 끝날 무렵에 저를 커다란 충격으로 빠뜨린 뉴스를 접했습니다. 우리 누리축구단과 경기를 벌인 터키 대표팀의 선수 두 명의 전혀 예상치 못한 죽음이 바로 그것입니다. 저는 그 소식을 듣고 비탄에 빠져서 즉흥적으로 세 개의 곡을 만들었습니다. 여러분도 들으면 바로 느끼시겠지만 이 곡들은 제 팬들만이라도 삶의 소중함을 가슴에 담았으면 하는 생각으로 만들었습니다. 불과 1시간여 만에 곡 세 개의 만들었으니 다듬어야 할 부분이 많을 것이라고 생각합니다만 삶에 대한 저의 사상이 고스란히 담겨 있으니 여러분들께서 가슴으로 들어주셨으면 합니다.]

[와! 역시 Dr. Seer야, 어떻게 한 시간에 곡 세 개를 만들 수 있지?]

[그러게. 완전 언빌리버블이로군.]

강권의 말에 한동안 관중석은 술렁일 수밖에 없었다.

하루 만에 곡 하나를 써서 그게 명곡이라는 말을 듣는 곡은 드물지 않다. 하지만 한 시간에 곡 세 개를 만들었다는 것은 들도 보도 못한 기사(奇事)였기 때문이다.

청중들의 술렁임이 자지러지자 강권은 곡을 소개하고

노래를 하였다.

[첫 번째로 불러드릴 곡은 'The Victory.' 라는 곡입니다. 우리 대한민국에 전해 내려오는 속담 중에 개똥밭에 굴러도 이승이 낫다고 하는 것이 있습니다. 그 말처럼 저는 'The Victory.' 에서의 승리를 사는 것 그 자체로 규정했습니다. 그럼 노래를 시작하겠습니다. 마음으로 노래를 감상해 주십시오.]

그런데 이상한 것이 있었는데 그것은 노래를 하면서 마이크를 쓰지 않았다는 것이었다. 놀라운 것은 순전히 육성으로 노래를 하는데도 아무도 그 사실을 눈치채지 못했다는 것이었다. 심지어 MC를 보는 노윤호와 최수형마저도 그것을 몰랐다.

하기야 날목소리로 7만 명을 수용하는 스피로이 루이스 스타디움을 쩌렁쩌렁 울리게 했으니 누가 의심을 하겠는가?

*The Victory.

스스로에게 자부심을 가져도 좋아.
인생이란 별게 아니거든.

살아 있는 자체가 승리이니까.
개똥밭에 굴러도 이승이 좋잖아.
고난이라는 것, 지내다 보면
짜릿한 전율을 느낄 수 있을 거야.
지나온 발자국마다 새겨질 눈물은 카타르시스,
기쁨이 배(倍)가 될 시간은 분명 올 거야.
우직함이 기교를 이기고, 행복은
항상 엄중한 대가를 요구하는 법.
피와 땀의 처절함이 말초를 간질이면
그저 순간을 즐겨. 사랑만큼 간절한 삶의 무게를,
그리고 가소로운 비운(悲運)을 비웃어 봐.
그대는, 나는, 이 세상의 오직 하나의 스페셜리스트.
사소한 찌질함까지도 아주 특별하지.
자신만만하게 걸어가. 구차할 때라도
세상에서 없어서는 안 될 선택은 한때의 비굴함.
머잖아 당당한 미래는 온다.
살아 있다는 것 자체가 승리인 법이거든.

순간의 곤경을 스스로 목숨을 끊는 것으로 결론을 짓
는 세태에 강권은 엄청 거부감을 느끼고 있다.

사실 강권만 해도 완전 절망적인 상황에서 자살을 생각하지 않았던가? 그런데 그때 만약 죽었다면 오늘날 그룹 '환'도 없을 것이고, Dr. Seer 역시 없었을 것이다.

게다가 대한민국 역시 여전히 미국과 중국, 일본의 눈치를 보는 찌질한 국가로 남아 있었을 것이다.

인생은 한 방이라는 말처럼 완전 인생 역전을 하지 않았던가 말이다.

봉황음의 조(調)자결을 섞은 강권의 노래에 청중들은 하나같이 가슴에 삶의 대한 갈구가 용솟음치는 것을 느끼고 7만여 명이 일제히 일어나 기립 박수를 쳐댔다.

청중들은 노래가 끝나자마자 자기도 모르게 자리에서 일어나 공연의 최대 환대라는 기립 박수를 치고 있었던 것이다.

[와아! 역시 최고다.]

[역시 이 시대의 뮤지션은 Dr. Seer밖에 없어.]

[…….]

거의 4~5분 동안에 이를 정도로 열렬한 기립 박수를 받은 강권은 감사하다는 멘트를 하고 다음 곡을 소개했다.

['같잖은 세상에서'란 이 곡 역시 스스로에 대한 자부

심을 가지라는 메시지를 담고 있습니다. 저는 스스로 패배를 인정하지 않는다면 어떠한 경우에도 패배자가 아니라는 신념을 가지고 있습니다. 살아 움직이고 있는 한 승리나 패배는 결정된 게 아니라고 굳게 믿고 있습니다. 오늘은 패배를 했지만 내일은 승리를 할 수 있으니까요. 그렇기 때문에 스스로 포기하지 않는다면 인간은 누구나 승리자이고 또 승리자가 될 수 있습니다. 이 곡 역시 가슴으로 들어주십시오.]

같잖은 세상에서.

늘 후회를 하지.

순간의 선택에서 떨어지는 사소한 이익에 우쭐대지만 결국 순서의 차이일 뿐 별 다른 건 없어.

그리하여 나의 무기는 시크함.

안중에 두지 않으면 그 누구라도, 그 무엇이라도 나에게는 가소로운 코웃음.

현재는 마음만큼 멀어져 가고, 이내 망각에 발을 적시지.

또 다른 무기는 도도함.

세상은 나로 인해서 생겨나는 거야.

내가 있음으로 세상이 생겨나고, 숨을 쉬어.

믿고 싶었어. 그렇게 될 거라고.

같잖은 생각이라고 하지도 마.

불행의 치열함을 느껴보지 못했다면 필시 그대는 열등한 생을 살았던 걸 거야.

행복이 불행에서 비롯된다는 사실을 알지 못하는 무지는 도대체 어쩔 거야?

버려진 소외감을 경험하지 않았다면 영혼은 불만투성이야.

그걸 알지 못한다고? 그래?

생각해 봐. 사랑이 전부는 아니거든.

아니 사랑은 완전 하찮은 거야. 사랑을 위해 목숨을 버릴 수 있다는 말에

왜? 조소가 나오는 건지.

모두가 자신의 관념을 통해서 세상을 보지.

그렇게 만들어진 세상은 때론 나를 버리려 하지만 내가 인정하지 않는다면 미안하지만 그런 세상은 없는 거야.

나는 그렇게 믿고 있어.

악화가 양화를 구축하듯 불필요가 있음으로 필요가 존재하는 거야.

사랑이 필요하다면 그대는 진정 증오의 처절함을 보듬어야 돼.

세상은 그렇게 정의되어지는 것이라고.

안중에 두지 않으면 그 누구라도, 그 무엇이라도 나에게는 가소로운 코웃음.

현재는 마음만큼 멀어져 가고, 이내 망각에 발을 적시지.

그리하여 또 다른 무기는 도도함.

그래. 세상은 나로 인해서 생겨나는 거야.

내가 있음으로 세상이 생겨나고, 숨을 쉬어.

이 곡 역시 엄청난 박수갈채를 받았다.

그리고 이어진 마지막 곡 먼저 죽어간 이들을 위한 서시(序詩).

이 곡이야말로 강권으로 하여금 삶과 죽음에 대한 상당한 깨달음을 주었다.

그 깨달음은 7서클 마스터로 오르게 했고 텔레포트를 펼칠 수 있게 만들어주었다.

먼저 죽어간 이들을 위한 서시(序詩).

그대가 가 버렸다고 아주 간 건 아니더라.

시시때때로 그대는 다가와 나를 들여다보아.

어디에 있는지, 무얼 하는지……

돌이켜 보면 그대와 엮어진 생활과 온갖 감정들로 인해서 오늘의 내가 되었어.

그렇게 그대는 나의 일부를 채우고

그런 일그러진 가슴을 두드리며 살아가지. 나는,

하지만 그대는 내가 아니듯 나 또한 그대가 아니야.

어쩌다 스쳐 가는 바람처럼 그대를 회상하는데, 그러고 싶어서 그러는 건 아냐.

아주 잠깐이지만 오늘도 그대 생각으로 삶의 황량한 여백을 채우고 있어.

그대와 함께했던 시간들이 아주 의미가 있는 것도 같은데.

나는 아무 불편도 없이 살고 있고……

그대는 지금 어디쯤 가고 있을까?

어째서 날마다 그대가 절실하게 생각나는지……

그러면서 아무렇지도 않다는 듯 살 수 있는지……

그대를 생각할 때마다 그대가 나를 생각하는 걸까?

알 수 없어.

그대는 가고 없는데 나는 가슴을 뒤적거리며 기억을 떠올리는지……

어쩌면,

그대가 가 버렸다고 아주 간 건 아닌 것 같아.

강권이 마지막 세 번째 곡을 끝내자 스피로이 루이스 스타디움에는 오로지 정적만이 감돌았다.

그 정적은 황량한 오지의 적막함이 아니라 어머니 자궁 속과도 같은 안온한 정적이었다.

스타디움에 있는 7만 명이 넘는 청중들은 가슴속에 벅차오르는 삶의 의지와 희열에 주체할 줄 몰랐고, 그것은 MC를 보는 노윤호와 최수형도 마찬가지였다.

강권 역시 이 기분 좋은 분위기를 망치고 싶지 않아 무대 위에 가만히 서 있었다.

이 정적을 사고라고 단정한 KM 측의 방해만 없었다

면 아마도 한참 더 이런 정적이 스피로이 루이스 스타디움을 지배했을 것이다.

[역시 Dr. Seer란 생각을 하지 않을 수 없군요. 최수형 씨는 Dr. Seer의 노래를 어떻게 들으셨습니까?]

[저, 저는 Dr. Seer의 노래에 취해서 마치 천당이 있다면 이곳이 아닌가 하는 편안함을 만끽했습니다. 엔돌핀이 팍팍 생겨나는 그런 곡이네요. 명불허전이란 말이 괜한 말은 아니로군요.]

[최수형 씨는 "이렇다."네요. 여러분께서는 어떻게 들으셨습니까?]

[완전 최곱니다. 역시 Dr. Seer는 짱이라고 할 수밖에 없습니다.]

[Dr. Seer.]

[Dr. Seer. Dr. Seer.]

한류의 열풍은 이제 아시아를 떠나 유럽에도 완전 정착이 되었는지 유럽의 청중들도 '짱' 이니, '파이팅' 이니 하는 한국인들만 쓰는 단어들을 스스럼없이 구사하고 있었다.

그건 그렇고 이번 콘서트는 사실상 끝이 났다고 해도

과언이 아니었다.

오프닝 무대에서 완벽한 노래를 들은 청중들을 콘서트에 몰입시킬 수 있는 가수나 그룹이 없었기 때문이다. 결국 다음 순서의 가수와 그룹들은 예리나를 제외하고는 퍼포먼스에 더 열을 올려야 했다.

❖　❖　❖

"이사님, 다음 사람들은 어쩌라고 이사님이 먼저 노래를 해 버렸습니까?"

이 당연한 항의는 강권과 가장 친한 뮤즈 걸즈의 몫이었다.

"하하, 윤이야, 미안. 이번에는 특별한 케이스였잖아. 다음부터 안 그럴게."

"에이, 몰라요. 이사님 다음에 하느라고 얼마나 힘들었는지 알아요? 완전 녹초라고요."

"윤이야, 내가 어떻게 해주면 될까?"

"참치 파티를 해요. 와인도 한 바리끄 풀고."

결국 식신이 아니랄까봐 먹는 걸로 타협을 보려는 윤이였다.

강권은 내심 입맛을 다시면서도 응하지 않을 수 없었다.

"알았어. 그렇게 할게. 그거면 됐어?"

"난, 꽃등심."

"난, 삼겹살."

뮤즈 걸즈 아이들은 작정을 한 듯 주문도 가지가지 했다.

결국 강권은 이들의 반협박에 굴복해서 참치, 와인 꽃등심, 삼겹살을 죄다 내주어야 했다.

이번 콘서트가 더 힘이 들었는지 다들 평소보다 배는 더 먹는 듯했다.

별일 없을 것 같은 평범한 회식이 누리축구단 선수들이 오면서 상황이 이상하게 돌아가기 시작했다.

"와아! 성재만 선수, 정말 축하드립니다. 완전 팬이 됐습니다."

"예에?"

"어떻게 그렇게 축구를 잘하세요? 아마 한 경기에 10골을 몰아넣은 사람은 과거에도 없고 앞으로도 나오지 않을 것입니다."

"그뿐이면 섭섭하시겠지. 직접 간접으로 8골도 성재만

선수와 관계가 있잖아."

"……"

그러나 정작 화제의 주인공인 성재만은 뭐가 뭔지 모르는 듯 어리둥절해 있었다.

그도 그럴 것이 김장한 감독이 불러서 갔다가 지금껏 자고 이제야 왔기 때문이었다.

성재만이 아직까지 경기 내용을 알지 못하는 것은 전반 후반부터 밀리기 시작했고 선수들이 잔뜩 상기된 표정들이어서 차마 물어보지 못해서다.

게다가 보기만 해도 주눅이 들 엄청난 스타들의 얘기가 너무 황당한 것이어서 도무지 감을 잡을 수 없는 것도 있었다. 그런데 하는 얘기들이 무슨 소설을 쓰고 있는 것 같아서 황당하기 짝이 없었다.

'지금 무슨 얘기들을 하고 있는 거야? 축구가 무슨 핸드볼도 아니고 세상에 어떻게 10골에 넣고 8골을 어시스트했다는 거야?'

성재만은 절친 박치수에게 귓속말로 경기가 어떻게 끝났는지 물었다.

박치수는 뭐 이런 놈이 다 있냐는 듯 한참을 쳐다보더니 되물었다.

"야! 너가 어떻게 했는지 정말 생각이 안 나?"

"내가 어떻게 하다니? 너 지금 무슨 소리하고 있냐?"

"너 후반전에 펄펄 날았던 거 정말로 기억 안 나?"

"내가?"

성재만은 박치수의 말이 이해가 되지 않아 황당해졌다.

그런 성재만을 보더니 박치수 역시 황당하다는 표정을 짓다 무작정 한 곳으로 끌고 갔다.

"야! 어디 가는데?"

"잔말 말고 따라오기나 해."

박치수가 성재만을 데려간 곳은 비디오 분석실이었다.

그리고 그리스와의 후반전 상황을 틀며 말했다.

"자, 봐. 이래도 발뺌하려고 해?"

"어! 어떻게 된 거지?"

성재만은 기가 막혀 할 말을 잃어버렸다.

자기는 분명 감독에게 불려가서 그대로 거꾸러졌는데 화면 속의 인물이 누구란 말인가? 게다가 성재만이 보기에도 자기와 너무나 똑같게 닮아 있어서 화면 속의 인물이 자기가 아니라는 말을 할 수 없었다.

그런데 화면 속의 성재만은 잘해도 엄청 잘했다.

50여 미터의 장거리 슛은 기본이고, 폴리플랩, 사포,

마르세유턴 같은 고난도의 기술도 아주 쉽게 펼치는가 하면 무회전킥, 라보나킥 등등 축구의 기술을 못하는 게 없었다.

그런가 하면 자신보다 훨씬 덩치가 큰 녀석이 작정을 하고 보디체크를 해도 나가떨어지는 쪽은 그 녀석이었다.

'어떻게 저럴 수 있지?'

성재만이 보기에도 이건 완전 인간 탱크였다.

이렇게 45분 동안 누리축구단에서 넣은 22골 중에서 자기의 도플갱어가 관여하지 않은 골이 하나도 없을 정도로 화면 속의 성재만의 활약은 완전 발군이었다.

축구의 신이 있다면 아마 이렇지 않을까 하는 생각마저 들었다.

'세상에 거의 2분에 한 골씩 집어넣었잖아? 정말 말 그대로 완전 핸드볼 스코어네.'

성재만이 혀를 내두르고 있는 것을 본 박치수는 그제야 뭔가 감을 잡은 것 같았다.

"야! 성재만, 후반전에 뛴 사람은 너 아니지?"

"으응."

"그럼 누구냐?"

"감독님이 부르셔서 갔는데 감독님은 안 계시고 원장

님과 또 한 명이 있더라고. 그런데 그 사람 얼굴을 보려다 갑자기 의식이 없는 거야. 그리고 이제야 깨어났어."

"누굴까?"

"저, 회장님 아니실까?"

"회장님?"

성재만의 뜬금없는 말에 박치수도 생각나는 것이 있었다.

훈련을 하다 조교들에게서 얼핏 들은 이야기로는 회장님의 능력은 인간이 아니라는 것이었다.

"그래. 아마도 저 화면 속의 인물은 회장님이 맞을 것 같다."

"나도 그런 생각이 들긴 하지만 과연 정말 그럴까?"

"생각해 봐. 그렇지 않고서야 저렇게 축구를 잘하는데 누리축구단에 들어오지 않을 리가 없잖아."

"하긴 저 정도의 실력이면 메스나 호날두 몸값의 서너 배를 달라고 해도 서로 데려가려고 하겠지."

프로는 실력으로 말하는데 저런 실력이면 다른 비싼 선수를 쓰지 않더라도 세계의 우승 상금은 죄다 쓸어갈 수 있을 것이다. 그럼 남는 장사가 될 테니 어느 팀인들 기를 쓰고 데려가려고 할 것이다.

그런데도 축구 선수가 아니라면 그 정도 돈을 우습게 여길 사람이 아니겠는가.

"그나저나 너 앞으로 어떻게 할래?"

"뭘?"

"니가 하지도 않은 플레이를 놓고 다들 엄청 기대할 거 아냐?"

"……"

아마 그럴 것이다. 전반전과 후반전이 너무 다르니 금지 약물을 복용한 게 아니냐고 의심부터 할 것이고 전 세계의 언론에서 인터뷰가 쇄도할 수도 있을 것이다.

또 국민들은 자기를 국가대표로 뽑아야 한다고 극성을 떨 것이다.

성재만이 대충 생각해도 이럴 정도였다. 정말이지 엄청 높아진 기대치에 부응하려면 다음 경기부터 어떻게 해야 좋을지 대책이 서지 않았다.

'제기랄, 앞으로 나 보고 어떻게 하라고 그러신 거지?'

불길한 예감일수록 더 잘 맞아들어 간다고 했던가.

그날 밤부터 성재만은 살인적인 인기를 실감할 수 있었다.

"야! 성재만, 인터넷에 너의 플레이 동영상이 수십 개가 올라와 있는데."

"그뿐이냐? 동영상 하나에 기본적으로 댓글이 수백 개씩 달렸어. 이거 왠지 앞으로 적으로 만날 것 같은 불길한 예감이 드는 걸."

"……."

'뭐야! 이 자식들이 짜증나게 정말.'

자기가 했다면 이런 주목을 행복하게 받아들이겠는데 이건 자기가 한 것도 아니니 성재만은 정말 미치기 일보 직전이었다.

밤을 하얗게 지샌 성재만이 어떻게 막 잠이 들려고 할 때 감독으로부터 긴급 호출이 있다는 통보를 받았다.

시계를 보니 오전 9시 10분이었다.

'제기랄, 완전 날밤 깠군.'

밤을 꼴딱 지샌 것이 한두 번이 아니지만 성재만은 오늘은 왠지 더 피곤한 것만 같았다.

성재만이 스텝의 안내로 간 곳은 감독실이 아니라 백룡의 리셉션 센터였다.

백룡에는 기자 회견장이 따로 마련되어 있었는데 비행선이란 것을 감안하면 수십 명의 기자들과 인터뷰할 수 있을 정도의 적지 않은 크기였다.

스텝은 리셉션 센터에 도착하자 성재만의 가슴에 이상한 장치를 부착했다.

"이게 뭡니까?"

"마이크야. 재만아, 리셉션 센터에 들어가기 전에 이걸 읽어보도록 해라."

"예에?"

"아이고, 말도 마라. 기자 회견을 열라고 여기저기서하도 성화인 통에 밤새 시달린 생각을 하면 치가 떨린다."

그 말을 듣고 스텝의 얼굴을 보니까 스텝의 얼굴에 다크 서클이 선명해 보였다.

성재만은 체념을 하고 밀봉이 되어 있는 봉투를 뜯고 내용물을 꺼냈다.

거기에는 몇 가지 지시 사항이 들어 있었다. 일종의 기자 회견 가이드 라인이라고 볼 수 있는 것이었다.

거기에는 '당당하게 행동해라.', '시인도 부인도 하지 말라.', '6월 하순부터 시작되는 '온누리배 국제 축구대회'에서 내 기량을 다시 볼 수 있을 거다.' 등등이 적혀있었다.

마지막 구절에서 성재만은 죽음(?)을 예감할 수 있었다.

지금 자신의 기량과 화면에서 본 기량을 비교해 볼 때 앞으로 있을 40여 일의 훈련 강도가 그려졌기 때문이었다.

'제길, 왜 하필 나냐고?'

성재만은 짜증이 났지만 그나마 자신이 메스보다 나을 수도 있을 것이라는 희망을 가지는 것으로 만족을 찾아야 했다.

성재만이 리셉션 센터에 들어서자마자 여기저기서 카메라 후레쉬가 터졌다.

어떻게 모였는지 식전 댓바람부터 수십 명의 기자들이 운집해 있었던 것이다.

성재만은 순간 욕지기가 확 치밀어 올랐다.

'젠장, 먹은 것도 별로 없는데 왜 이래?'

그걸 본 기자들이 가만있지 않고 질문을 퍼부어댔다.

"성재만 선수, 몸 상태가 좋지 않으십니까?"

"성재만 선수, 혹시 금지 약물을 복용한 후유증입니까?"

"성재만 선수……."

'아! 싫다.'

성재만은 엄청 짜증이 나서 방금 전 금지 약물 운운한 기자로 추정되는 인물을 째려보았다.

백룡의 리셉션 센터에는 다섯 개 외국어 자동 번역이 되어 말해지기 때문에 방금 말한 사람이 스페인 기자일 거라는 추측이 가능했다.

"방금 저 보고 금지 약물을 복용했다고 말한 사람이 당신이야? 당신 명예 훼손으로 고소당하고 싶어?"

성재만의 호통에 그 기자는 사색이 되었다.

성재만은 다시 한 번 째려봐 준 다음에 말을 이었다.

"누리축구단은 비신사적인 행위를 하지 않습니다."

말을 하고 보니 어째 얼굴이 뜨뜻해졌다. 출전 명단에 없었던 회장님이 출전했었다는 생각이 퍼뜩 뇌리를 스쳐 갔기 때문이다. 그런데 그건 사실 성재만의 오해였다.

터키 전에도 그랬지만 이번 그리스 전에서도 경기 전 그리스 진영에 건넨 오더에는 분명히 강권의 이름이 들어 있었기 때문이다.

성재만이 그런 사실을 짐작한 것은 한참 뒤에 어떤 기자의 질문을 받고서였다.

"르몽드지의 베르끄 기자입니다. 성재만 선수, 누리축

구단이 그리스 전을 앞두고 제출한 명단에 '환' 그룹의 최강권 회장님의 성함이 들어 있던데요, 최강권 회장님께서도 평소에 함께 연습을 하십니까?"

"예에? 최강권 회장님께서 우리 누리축구단에 속해 있다고요?"

"성재만 선수도 모르셨군요. 성재만 선수, 이 사실을 어떻게 받아들여야 할까요?"

성재만은 순간 당당하게 행동하라는 지시가 떠올라 멋지게 창작을 해서 대답했다.

물론 창작의 근거는 훈련 도중에 들었던 조교들의 말이 토대가 되었다.

"최강권 회장님은 이미 신(神)이십니다. 그렇기 때문에 굳이 저희들과 함께 훈련을 하지 않으셔도 회장님께서는 이미 완벽하십니다."

"뉴욕 타임즈의 챔벌린 기자입니다. 방금 전 성재만 선수가 말씀을 듣고 문득 떠오른 것이 있어 질문을 드립니다. 성재만 선수의 전반전과 후반전 플레이가 너무나 차이가 나던데 혹시 후반전에는 최강권 회장님께서 성재만 선수를 대신해서 경기에 출전하신 것입니까?"

드디어 올 것이 왔다는 심정이 들었지만 순간 성재만

은 오리발을 내밀기로 했다.

최강권 회장이 굳이 자기 모습으로 분장하고 경기에 출전한 이유가 있을 것이라는 생각이 스쳐 갔기 때문이다.

"그 대답은 앞으로 40여 일 후에 개최되는 '온누리배 국제 축구대회'에서 찾으실 수 있을 것입니다. 그렇게만 알아주십시오."

"런던 타임즈의 도베르만 기자입니다. 후반전에 그리스 선수들의 수많은 반칙에 가까운 태클을 받았는데도 거침없이 플레이를 하신 것에 엄청 놀랐습니다. 따로 그 비결이라도 있습니까?"

"그런 비결이 어디 있겠습니까? 도베르만 기자님, 그런 비결이 있으면 저에게 가르쳐 주시겠습니까?"

성재만의 재치 있는 대답에 장내는 잠깐 웃음바다가 되었다. 웃음이 멈춰지고 이어진 일본 기자의 질문은 좀 삐딱한 성질의 것이었다.

"아사히 신문사의 와따나베 기자입니다. 기자 회견이 끝나고 FIFA에서 실시하는 도핑 테스트가 실시되는데 도핑 테스트를 앞둔 성재만 선수의 심경은 어떻습니까?"

"내 심경이요? 와따나베 기자라고 그랬죠? 우리나라

속담에 '도둑이 제 발 저린다.' 는 속담이 있습니다. 나는 왜 그런 질문을 하는지 도리어 묻고 싶습니다."

성재만의 의미심장한 대답에 와따나베 기자의 얼굴이 붉으락푸르락해졌다.

성재만의 대답에 은연중 뼈가 들어 있는 것 같았기 때문일 것이다.

와따나베 기자의 말처럼 기자 회견이 끝나자 성재만은 리셉션 센터 구석에 마련된 칸막이에서 수많은 기자들이 지켜보는 가운데 오줌을 누어야 했다.

잔뜩 긴장을 해서 물을 거푸 들이켰던 때문인지 오줌이 금방 나온 것은 그나마 다행이었다.

한 시간여 동안 진행된 기자 회견은 성재만에게는 하루처럼 길고 힘든 것이었지만 그런대로 잘 대처했다는 자평을 하면서 기자 회견을 끝냈다.

*The Victory.
이 챕터에 있는 세 편의 시(詩)는 삶과 죽음에 대한 필자의 견해를 써 놓은 필자의 졸작(拙作)입니다.

이 시들을 쓰게 된 배경은 이렇습니다. 더 리더를 쓰는 도중 내내 필자에게는 엄청 많은 시련들이 겹쳐서 닥쳤습니다. 그러다 보니 필자는 실제로 우울증에 빠져 매우 힘든 나날을 보냈습니다.

그런데 결론은 일단 최대한 버티는 데까지 버티는 게 최선이라는 것입니다.

전국시대 최고의 책사로 이름 높은 한신은 시정잡배의 가랑이 사이로 기어가면서까지 삶을 이어 나갔다더군요. 어디선가 이 책을 읽는 이들의 상당수가 젊은 청소년이라고 들은 적이 있어 이 책을 읽는 청소년들이 역경을 이겨내는데 조금이나마 도움이 되고자하는 마음에서 졸작이지만 감히 책 내용에 끼워 넣게 되었음을 양지 바랍니다.

제4장
내 밥그릇을 빼앗겠다고?
까지 말라고 그래

"야! 이것 봐. 인터넷이 난리가 아냐."

"에효, 그걸 이제 본 거야? 나는 pijs3388이 쓴 '세계 최강 축구단은 단연 누리축구단이다.'이라는 댓글이 제일 마음에 드는데."

"푸하하하, 정수민 겨우 그 정도냐? 이 정도는 되어야 하는 것 아니겠냐? '축구의 신(神)이 스피로이 루이스 스타디움에 강림하셨도다. 경배하라! 무지몽매한 자들이여. 그리고 그 업적을 찬양하라.'이 댓글이 최고라고 생각한다. 니들도 생각해 봐. 우리 누리축구단은 축구의 신께서 함께하시니 당연히 무적일 거 아냐?"

박치수가 한 동영상을 가리키며 말하자 다들 수긍을 했다.

"맞아. 우리들은 행복한 것이여. 감히 축구의 신과 함께 하고 있으니 말이야."

"그건 그렇지만 성재만이가 언제 축구의 신이 되었다지?"

"야! 그것도 몰라? 어제 오후 5시부로 축구의 신으로 등극했잖아."

"하하하, 그런가? 생각해 보니 니 말이 맞는 것 같다."

누리축구단 동료들의 농지거리에 재만의 얼굴이 뜨뜻해졌다.

'젠장, 언제까지 이렇게 마음 조려야 하는 건데…….'

자기가 하지 않은 일로 엄청난 주목을 받고 있는데 자기가 하지 않았다고 말하고 싶어도 말할 수 없는 상황에 처한 성재만의 마음은 타들어 가고 있었다.

이런 성재만을 구원해 준 사람은 김장한 감독이었다.

"다들 모여 봐라. 그리스와의 일전은 너희들에게 엄청 교훈이 되었을 것이다. 특히 전반전에서 경험한 치욕스런 내용은 너희들이 얼마나 부족한지 깨달았을 것이다. '온

누리 국제 축구대회'까지 남은 40여 일을 너희들이 새로 태어나는 계기로 만들어야 할 것이다."

"저, 감독님, 그리스는 우리가 작살내지 않았습니까?"

"호, 김강호 군, 자네는 지금 그리스를 작살냈다고 자신 있게 말할 수 있는가? 자네가 그렇다고 자신 있게 말할 수 있다면 방금 전 내가 한 말을 철회하도록 하지."

"저, 그, 그것이……."

김강호는 김장한 감독의 말에 무언가 묘한 구석이 있어서 얼버무릴 수밖에 없었다.

그리스를 22:2라는 스코어로 이긴 것은 분명하지만 그것은 어디까지나 성재만이 갑자기 헤까닥 돌아 버렸기 때문이라는 것을 부정할 수는 없었다.

그리고 그렇게 돌아 버린 성재만의 실력은 평소라면 도저히 상상할 수 없는 포텐이라는 것 또한 부정할 수 없었다. 그런데 김장한 감독의 말에는 성재만이 포텐을 작렬한 내막에 대해서 알고 있는 것만 같다는 무엇이 있었다.

'그게 도대체 무엇일까?'

선수들은 벙 찐 얼굴로 김장한 감독의 다음 말을 기다렸다. 김장한 감독은 묘한 미소를 머금으며 선수들의 얼굴을 빤히 쳐다보더니 성재만에게 말했다.

"성재만, 나와서 이실직고해라."

"예에? 아! 예."

"……."

성재만은 동료들의 따가운 시선들이 자신의 얼굴을 쳐다보자 잠시 머뭇거리더니 말을 이어 나갔다.

"너희들에게 차마 말하지 못한 것이 있어. 어제 전반전이 끝나고 감독님께서 부르셔서 간 것은 너희들도 잘 알 거야. 그런데 그 다음부터는 전혀 기억에 없어. 너희들은 내가 버서커처럼 날뛰었다고 알고 있겠지만 실은 나도 모르게 감독실에서 잠이 들게 되었는데 경기가 끝난 다음에 깨어났어. 그 사이에 무슨 일이 벌어졌는지는 나도 치수에게 말을 듣고서, 인터넷을 보고서야 알게 되었어. 이상이야."

"그럼 어제 후반전에 뛴 사람은 도대체 누구라는 거지?"

"내가 너희들을 모이라고 한 것은 그걸 알려주기 위함이다."

"……."

"그러니까 어제 후반전에 재만이를 대신해서 뛰신 분

은 다름 아닌 우리 회장님이시라는 거다. 원래 회장님께
서는 너희들이 한 번쯤 지는 것도 너희들의 성장에 도움
이 될 거라고 생각하셔서 보고만 계시려고 하셨다. 그런
데 그리스 녀석들이 너무 더티한 플레이로 일관을 하자
완전 박살을 내시겠다고 결심하셨는지 몸매가 비슷한 재
만이를 대신해서 뛰시겠다고 하셨다. 나는 물론 처음에
최장님의 실력을 믿지 못해서 반대했다. 그런데 그게 아
니었다. 그 다음 결과는 너희들도 잘 알고 있을 것이다."

아이들은 김장한 감독의 말이 믿기지 않는다는 표정들
이었다.

그렇지만 최강권 회장이 아니라면 마땅히 떠오르는 인
물이 없어서 믿지 않을 수도 없는 노릇이었다.

김장한 감독은 애들의 표정을 보며 야릇한 미소를 지
으면서 말했다.

"회장님께서는 너희들에게 회장님과 같은 능력을 가질
수 있는 길을 열어주시겠다고 하셨다. 다만."

"……."

"다만 뭣입니까?"

"한 가지 조건이 있다고 하셨다. 먼저 너희들의 미래를
전적으로 회장님께 맡긴다는 약속을 해야 한다고 하셨다."

자신들의 미래는 축구를 떠나서는 생각할 수 없다는 점에서 보면 자신들의 미래를 전적으로 맡긴다는 것은 엄청난 조건일 수도 그렇지 않을 수도 있는 것이었다.

이번 터키와 그리스와 경기를 치르면서 아이들은 자신들의 실력에 대해 나름 자부심을 가질 수 있었다.

프로 선수의 실력이란 곧 돈과 직결이 된다. 지금 자신들의 실력을 봤을 때 메스나 호나우도 같은 초특급 선수들에는 조금 미치지 못하겠지만 그에 버금가는 대우를 받을 수 있다.

바꾸어 말하면 최소한 주급이 1억 이상은 받을 수 있다는 얘기였다.

지금보다 100배 내지 200배 이상의 수입을 올릴 수 있는데 자신들의 미래를 전적으로 회장님에게 맡긴다면 그렇게 되지 못할 가능성이 컸다.

그룹 '환' 이 아무리 돈을 많이 버는 회사라고 해도 근 50명에 가까운 선수들에게 40~50억을 줄 수 없을 것이기 때문이었다.

아이들이 한창 짱구를 굴리고 있는 것을 본 김장한 감독은 아이들에게 최후통첩을 했다.

"회장님께서는 먼저 인간이 되기를 원하셨다. 내 추측

인데 그 말은 너희들이 은혜를 저버리지 않고 의리를 지키기를 바라시는 것일 게다. 작년 이맘때쯤의 너희들을 생각해 봐라. 회장님께서는 갈 곳 없는 너희들을 받아들이시고 너희들에게 엄청 지원을 하셨다. 회장님께서는 만약 너희들이 제 갈 길을 가겠다면 아무 조건 없이 자유계약 선수로 풀어주라고 하셨지만 내 생각은 다르다. 감독권한으로 원래 계약이 만료되는 시점인 내후년까지 훈련은 물론이고 경기에 뛸 수 없게 하겠다. 앞으로 딱 한 시간을 줄 테니 너희들은 숙고를 한 후에 현명한 결정을 내리기 바라겠다."

이 말을 하고는 김장한 감독은 자리를 떴다.

—주인아, 이 녀석 이거 가만두어서는 안 되겠는걸.

"누구 말이냐?"

—자모라서 자는 녀석 말이야. 자모라 쿠엔티노.

"그 친구가 어떻게 했는데?"

—주인이 나중에 특허를 낸다고 아껴두었던 자연 합성 단백질 식품 제조법 말이야. 그 녀석이 먼저 특허를 냈

어. 그리고 홀로그램을 이용한 입체 송출형 통신기도 특허 출원 중이야. 이렇게 녀석에게 야금야금 하나둘 뺏기다가는 우리들은 손가락을 빨고 있어야 한단 말이야.

"그래? 어디 한 번 자모라가 특허를 냈거나 출원 중인 자료를 줘봐."

─오키.

자연 합성 단백질 식품 제조법은 콩과 식물이 질소를 이용해서 질소화합물(단백질)을 만드는 과정을 빠르게 변환시켜 대량으로 생산하는 방법이었다.

지구상에 거의 무한대로 있는 질소를 이용한다는 점에서 원가가 엄청 저렴하다 보니 이 방법이 상용화될 경우 농축산업은 줄도산을 할 수밖에 없다.

강권이 이런 방법을 알면서도 특허를 내지 않았던 이유였다.

'으음, 생각이 짧았어. 특허를 내놓고 농축산업이 위축되지 않는 한도에서 아프리카 같이 기근에 시달리는 지역에 저렴한 특허료를 받고 공장을 지어주면 되는데 그랬어.'

그랬다. 그렇지만 이미 지난 일이니 후회해 봐야 아무

런 소용이 없었다.

자모라가 특허를 어떻게 사용할 것인지가 문제가 아닐 수 없었다.

만약 자연 합성 단백질 식품 제조법을 무기화한다면 세계 미래가 어떻게 될지 장담할 수 없었다.

농축산업이 줄도산을 한 후에 특허료를 올려 버린다면 굶어 죽는 사람이 태반일 수 있었다.

'설마 그렇게야 하려고?'

이렇게 자위를 해 보지만 찜찜한 마음은 좀처럼 나아지지가 않았다.

그나마 나은 점은 돈이 되는 것 중에서 상당수를 이미 특허 출원을 했다는 것이었다.

강권이 이런저런 생각을 하고 있을 때 '달'이 자모라가 특허 출원을 했거나 출원 중인 것들의 자료를 주었다.

"'달'아, 자모라 얘는 촉매제로 글루산나이트를 썼잖아. 우리는 패러톡사이트를 촉매제로 쓰면 될 것 같은데."

—주인아, 패러톡사이트를 촉매제로 쓴다고?

"그래. 일본 놈들이 촉매제로 썼던 패러톡사이트 말이야."

―주인아, 그래. 그거면 훨씬 효율적인 방법이 될 거 같다.

'해'가 옆에서 듣고 있다가 참견을 했다.

―주인님, 패러톡사이트라면 장기간 복용할 경우에 유전자 변이의 위험성이 있을 수도 있다는 것을 아십니까?

"너는 모르면 잠자코 있어. 패러톡사이트는 유화제의 일종이어서 그 자체가 인체에 무해하다는 것을 너도 알고 있잖아. 안 그래?"

―예. 알겠습니다. 주인님. 그렇지만⋯⋯.

완전 FM인 '해'가 이렇게 학을 떼는 것은 바로 이 실험으로 인해서 패러톡사이트가 유전자 변이 물질에 포함되어 금지 약물에 등재되었기 때문이다.

패러톡사이트란 물질은 22C 초에 일본에서 일명 '아가미 인간'이란 새로운 형태의 인간을 만드는 실험에 쓰였던 여러 가지 물질들 중에서 가장 중추적인 것이었다.

이 '아가미 인간'을 만드는 실험은 21C 중반 이후에 국토의 대부분이 바다 속으로 잠기자 일본의 극우 또라이들이 비밀리에 행했던 엽기적인 생체 실험이었다.

사실 여기에서 쓰인 패러톡사이트 자체는 인체에 해롭지 않은 이른바 일종의 유화제였다. 따라서 이 패러톡사이트가 가미된 물질이 무엇이냐에 따라서 인체에 해로울 수도 있고, 이로울 수도 있다는 것이었다.

그것은 인체에 흡수가 빨리 되도록 돕는 역할을 하는 것이 유화제의 특성이었기 때문이다.

물론 이 패러톡사이트란 물질이 발견된 것도, 금지 약물에 등재가 된 것도 21C 후반부 이후의 일이었다.

아마도 이런 이유 때문에 23C에서 산 전생의 경험이 있는 자모라가 패러톡사이트를 쓰지 않고 글루산나이트를 촉매제로 썼을 것이다.

하지만 일본이라면 치를 떠는 우리나라의 극우 과학자들은 일본의 실험을 되짚어 보면서 이 패러톡사이트가 유용하게 쓰일 수도 있다는 것을 알아냈다.

이런 이유로 자모라는 생각지 못한 것을 강권을 생각할 수 있었던 것이다.

—주인아, 향기 나는 TV도 특허를 내는 것이 어떠냐?

"향기 나는 TV?"

—으응. 냄새라는 것이 실은 일종의 파장이라고 밝혀졌잖아. 그러니까 TV에 특정한 파장을 내게 해서 방향제처럼 향기가 나게 하면 엄청 팔아먹기 좋잖아. 예를 들어 라벤더 향기가 나는 TV, 장미 향기가 나는 TV 이런

식으로 말이야.

—주인님, '달'의 말에 일리가 있는 것 같습니다. 그 럼 한 집에 TV 여러 대를 파는 것도 충분히 가능할 것 같습니다.

'해'의 말에 강권의 구미가 당겼다. 향기는 인간의 감 정은 물론이고 몸 상태도 좌우할 수 있으니까 특정 질환 을 치료하는 TV도 만들 수 있을 것이다.

"좋았어. 향기 나는 TV 그것도 특허 출원해."

—옛썰.

—주인님, '하나로 캡슐'도 특허를 내는 것이 어떻겠 습니까?

"아! 그것도 있었지. 참, 그런데 '하나로 캡슐'에 들 어 있는 금옥자 여사의 몸 상태는 어떻지?"

—주인님, 금옥자라는 여성체의 상태는 지금 신체 연 령이 30대 중반의 아주 건강한 여성체로 바뀌어져 있습 니다.

"좋아. 말이 나온 김에 확인을 해보자."

강권은 그동안 '하나로 캡슐'에 넣어 둔 채로 잊고 있 었던 정윤술의 모친을 찾았다.

'하나로 캡슐' 자체에서 생존에 필요한 영양을 모두

공급하고 있으니 생명에는 전혀 지장이 없었다. 게다가 금옥자 여사의 몸 상태를 고려해서 산삼 추출물, 차가버섯 추출물, 동충하초 추출물 등 각종 영약들의 엑기스까지 주입되도록 해두었으니 그 결과가 자못 기대가 되기도 했다.

남을 위해서 해마다 수십억 달러를 기부하는데 자신의 일을 봐주는 정윤술의 모친이니 아까울 게 없었던 것이다.

'하나로 캡슐' 안을 살펴보자 족히 30년은 젊어진 상태로 잠에 취해 있는 금옥자 여사가 보였다.

"하하하, 이 정도면 대성공이로군."

―그렇습니다. 주인님, 겉모습뿐만이 아니고 생체 연령 또한 그에 걸맞는 상태입니다.

"그런 것 같군."

―주인아, 주인이 그 보약들을 먹었으면 8서클도 만들 수 있을 정도이니 저렇게 젊어지지 않은 게 이상한 거 아니겠어?

'달'이 이렇게 구시렁댔지만 강권이 생각하기에는 어쨌거나 성공이었다. 아니, 성공 정도가 아니라 이건 완전 혁명이었다.

병이 치료되어 몸 상태만 좋아진 것이 아니고 젊어지기까지 했다니 앞으로 인간의 평균 수명은 엄청 길어질 수 있을 것이다.

어쩌면 Bible에 나오는 사람들의 수명이 수백 년이고 '한(桓)'국의 왕들의 재위가 수백 년인 것처럼 인간이 수백 년 동안 거뜬하게 사는 시대가 열릴지도 몰랐다.

—주인아, 이거 기자 회견을 열어야 하는 게 아냐?

"기자 회견은 무슨?"

—아닙니다. 주인님, '달'의 말대로 하는 것이 좋겠습니다.

강권은 '달'과 '해'의 말에도 일리가 있다고 생각했다. 일단 기자 회견을 열어서 '하나로 캡슐'을 선전한다면 어마어마한 돈을 벌어들일 수 있을 것이다.

어디 그것뿐인가? 세계를 움직이는 대다수의 VVIP들이 60세 이상이다. 그 사람들에게 30~40년 젊게 만들어준다면 어떤 조건이라도 달게 받아들일 것이다.

아마 국적을 대한민국으로 바꾸라고 한다고 해도 태반이 바꿀 것이다.

완전 새로 태어나는 것이나 다름없는데 누가 마다하겠는가?

강권은 구미가 당김을 느끼고 정윤술과 그 모친을 서울로 보내 기자 회견을 하도록 해야겠다는 생각을 했다.

"좋아. '달'은 정윤술이를 호출하고, '해'는 금옥자 여사를 깨우도록 해."

—옛썰.

—예. 알겠습니다. 주인님.

'달'의 느닷없는 호출을 받고 정윤술이 지체 없이 달려왔다.

"어르신. 부르셨습……."

정윤술은 말을 채 잇지 못했다. 20여 년 전 자신이 가출을 했을 때 당시의 어머니가, 아니, 그보다 젊어진 것 같은 어머니의 모습이 보였기 때문이다.

어떻게 보면 사십 대 초반인 자기보다 훨씬 더 젊은 것 같았다.

"어, 어머니."

"윤술아, 한잠을 자고 일어났더니 온몸이 상쾌한 것이 한 이삼십 년은 젊어진 것 같구나 어떻게 된 일이냐?"

"……."

'어머니, 젊어진 것 같은 것이 아니라 한 삼십 년은 젊어지신 겁니다.'

정윤술은 감격에 겨워 말조차 하지 못했다.

철이 들면 이미 때가 늦었나는 말이 있듯 나름 인간답게 살 만하자 어머니가 금방이라도 돌아가실 것 같아 엄청 원통했던 정윤술이었다.

그런데 이제 어머니가 아주 젊고 건강하게 되자 강권의 은혜를 어떻게 갚아야 좋을지 모를 정도로 감격했다.

어머니 기억조차 없는 강권은 그런 정윤술의 모습을 보고 괜히 눈시울이 뜨거워졌다.

금방이라도 눈물이 흐를 정도로 촉촉해져 있는 강권의 감동에 초를 친 이는 뜻밖에도 '해'였다.

―주인님, 금옥자라는 여성체가 10여 일 정도만 더 '하나로 캡슐'에 있었으면 완전히 전성기 때의 모습으로 바뀌었을 건데 말입니다.

눈치가 없는 '해'는 그 짧은 사이에 '하나로 캡슐'에 내장되어 있던 데이터를 훑어보았던 모양이었다.

또 해가 하는 말의 의미는 금옥자 여사가 22~3세 정도로 젊어질 수 있었다는 것이었다.

2주를 설정해 놓고 한 실험이었으니 4주 정도를 '하나로 캡슐'에 들어가 있으면 신체가 완전 새롭게 재구성될 것이라는 의미도 내포하는 것이기도 했다.

'인간의 신체 리듬이 달의 주기에 맞추어져 있으니 대충 그것과 비슷한가?'

"……"

―그리고 이 '하나로 캡슐'에는 마법진이 들어가 있으니 특허 출원을 하는 것은 그냥 파동 장치로 내는 것이 어떻겠습니까? 데이터를 훑어보니까 인체에 고유한 파동에만 노출되어도 면역 기능이 강화되어서 인체에 해로운 병원체는 저절로 없어지니 말입니다. '건강 증진 수면기'라는 이름으로 출시를 하면 엄청 히트를 칠 수 있을 것입니다.

"그래? 그러면 '해' 너가 알아서 해."

강권은 분위기 파악을 하지 못하는 '해'의 행동에 눈살이 찌푸려졌다.

그렇지만 곰곰이 따져 보니까 '해'의 판단이 틀린 것은 없는 것 같았기 때문에 하는 말이었다.

'하나로 캡슐'에는 마법이 아니고서는 이해하지 못할 부분들이 상당히 많았기 때문이다.

'어! 이 아주머니는 처음 뵙는 것 같은데?'

최수형은 백룡호에 있는 사람들은 대부분 알고 있었다. 워낙에 붙임성이 좋은 것도 있지만 사근사근해야 하나라도 더 얻어먹을 수 있다는 이유도 있었다.

그렇다고 부러 지어서 하는 행동이 아니고 먹을 복을 타고난 천성 때문이었다.

"안녕하세요?"

"어! 그래. 처자는 이쁘기도 이쁘지만 참 싹싹하기도 하네. 그래 결혼은 했는감?"

"호호호, 아니에요. 결혼은 하고 싶지만 아직 어린 걸요?"

"그래? 다 컸는데 나이가 무슨 상관이야? 키도 크겠다, 방뎅이도 튼실한 것이 애를 낳아도 숨풍숨풍 잘 낳겠는데 뭘."

금옥자 여사의 말에 옆에서 지켜보고 있던 윤이는 웃음을 참으려다 금방 숨이 넘어가고 있었다.

'무슨 아주머니가 할머니 말투를 천연덕스럽게 쓰냐?'

물론 최수형이도 윤이와 같은 생각을 하고 있었다.

'호호호, 이 아주머니 사극 전문 탤런트신가 보다.'

최수형과 윤이의 이런 생각을 하며 이 아주머니와 시

간을 때우다가 강권을 만나려고 하고 있었다. 그런데 누리 스포츠단의 훈련원장인 정윤술이 나타나면서 경악을 하게 되었다.

"어머니, 여기에 계시면 어떡해요? 빨리 서울 갈 준비를 하셔야죠."

"......"

"......"

"참, 내 정신 좀 봐. 회장님께서 서울에 가야 된다고 했지?"

금옥자 여사는 자기 머리를 톡톡 두드리고는 수형이를 보면서 말했다.

"처자, 내 큰 손주 녀석이 작년에 제대를 해서 큰 회사에 취직을 했어. 월급도 엄청 많이 받는다는가 봐. 내 다음번에 소개시켜 줄게. 알았지?"

금옥자 여사는 수형이에게 이렇게 말하고는 자기 아들 정윤술에게 말했다.

"어여 가자. 회장님께서 더 기다리시게 하지 말고."

"예. 어머님. 빨리 가셔요."

최수형과 임윤이는 이 황당한 사태에 할 말을 잃고 입만 떡 벌릴 수밖에 없었다.

'어, 어떻게 자기보다 어린 것 같은데 어머님이라고 하는 거지?'

아무리 보아도 어머니라는 아주머니가 정윤술 원장보다 어려 보였기 때문이다.

한참 후에 정신을 차린 수형이 윤이에게 말했다.

"윤이야, 방금 우리가 뭘 본 거지?"

"언니, 나도 모르겠어. 꼭 꿈을 꾸고 있는 것 같아."

"그래? 그럼 어디."

이렇게 말한 최수형은 느닷없이 윤이의 볼을 꼬집는 것이었다.

"아얏! 이 언니가?"

"아프지? 아프지? 니가 아파하는 거 보면 분명히 꿈은 아닌데 말이야."

"이 언니가 증말……."

"윤이야, 그나저나 너도 정 원장님께서 어머님이라고 하는 것 분명히 들었지?"

"예. 언니."

수형이와 윤이는 이 황당한 이야기를 다른 뮤즈 걸즈 멤버들에게 알리기 위해서 부리나케 뛰어갔다.

"애들아! 빅뉴스. 빅뉴스."

"최 초딩 또 뭔 일인데 그렇게 호들갑을 떠는 거야?"

"이 깝률아! 내 애길 들으면 뒤로 넘어갈 걸?"

"언니 그래요. 정말 빅뉴스예요."

"웃기시네. 너들 초딩들에게는 모든 게 신기하고 전부 빅뉴스 아냐?"

"아닌데."

윤이가 아니라고 했지만 다른 뮤즈 걸즈 멤버들은 크게 신뢰하지 않은 것 같았다.

그도 그럴 것이 최수형, 임윤이, 경효연 이 셋은 뮤즈 걸즈 멤버들 사이에서 초딩이라고 불릴 만큼 아주 특이한 코드를 갖고 있었다. 그런데 그중에서 둘이 똑같은 말을 하고 있으니 그 말을 어떻게 진실이라고 받아들일 수 있겠는가?

멤버들의 코웃음에 최수형은 화를 버럭 냈다.

"야! 깝률, 누리 스포츠단의 정윤술 원장님이 자기보다 나이 어려 보이는 아줌마에게 어머님이라고 불렀는데 그게 빅뉴스가 아니고 뭐야? 자그마치 엄마도 어머니도 아니고 어머님이라고 했단 말이야."

"뭐어? 정말이야?"

"그래. 내가 언제 거짓말하는 거 봤어. 윤이도 봤으니까 윤이에게 물어봐."

수형의 말에 뮤즈 걸즈 다른 멤버들이 일제히 윤이를
쳐다보았다. 그러자 윤이는 자기가 보았던 이야기를 가감
없이 얘기했다.

"그렇다면 지금 그 두 분은 서울로 가셨다는 거네."

"예. 그렇죠."

윤이는 이렇게 대답했다가 멤버들의 표정이 '그럼 그
렇지.' 하는 것 같아서 다급하게 수정을 했다.

"아, 아니 아직 안 가셨을 거예요. 지금 최 이사님 방
에 계실 거예요."

"좋아. 최 이사님 방에 가서 보자. 그래도 되겠지?"

"뭘 그래도 되겠지야? 그냥 가서 보면 되지."

"그래. 최 이사님께 가 보자."

뮤즈 걸즈 멤버들이 우르르 강권의 방으로 몰려가자
수형이와 윤이는 떫은 표정으로 얼굴을 마주 보다가 마지
못해 뒤를 따랐다.

"언니, 그분들 서울로 가 버리셨으면 어떡해요?"

"어떡하긴? 한동안 애들에게 시달리겠지."

"그렇겠죠? 그런데 정말인데."

"휴우, 아직 안 가셨길 바라야지."

이 둘이 이렇게 걱정하는 것은 뮤즈 걸즈 초창기부터 비롯된 관행에서 비롯된 것이었다. 아홉 명의 공동 생활에서 멤버들에게 찍히면 일정한 페널티를 받게 되는데 그것은 가장 하기 싫은 설거지와 청소를 하는 것이었다. 데뷔를 하기 위해서 적게는 하루 14시간에서 어쩔 때는 18시간 동안 죽어라고 연습하고 파김치가 되어 있는 상황에서 쉬지도 못하고 설거지며 청소를 해야 한다는 것은 극형이나 다름이 없었다.

데뷔를 하고 나서 조금 나아지기는 했지만 새로운 앨범을 발표하기 위해서는 그와 비슷한 시간을 보컬 연습과 안무 연습, 그리고 각자 스케줄을 소화해야 하는 것은 마찬가지였다. 뮤즈 걸즈가 세계 톱클래스의 걸그룹으로 이름을 얻기까지는 어마어마한 그녀들의 피와 땀이 연습실 바닥을 적셨던 것이다.

수형이와 윤이가 한숨을 내쉬며 멤버들의 뒤를 따랐다.

"이사님, 안녕하세요?"

"어! 그래. 그런데 너희들 웬일로 이렇게 몽땅 온 것이냐?"

"예. 이사님, 누리 스포츠단의 정윤술 원장님 좀 뵈려고요."

"너희들이 정윤술 원장을 왜?"

"그냥요?"

뮤즈 걸즈의 소녀들이 그냥이라고 했지만 강권은 정윤술 원장에게 들은 이야기가 있어 그냥 온 것이 아님을 즉각 알아차렸다.

"이거 어쩌나? 정 원장은 서울로 갔는데. 그나저나 너희들이 정 원장에게 무슨 볼일이 있는 거지?"

강권이 시치미를 딱 잡아떼고 이렇게 묻자 소녀들은 서로 눈빛을 교환하더니 물었다.

"최 이사님, 정윤술 원장님의 어머님께서 어디 안 좋으신 거예요?"

"아니? 유우리는 왜 그런 생각을 하는 건데?"

"그, 그러게요. 헤헤."

"야! 식신아! 니가 이상한 말을 했잖아?"

"야! 깝률아, 내가 무슨 이상한 말을 해?"

"뭐라고? 이 초딩식신아, 그럼 정윤술 원장님께서 자기보다 어린 아줌마한테 어머님이라고 한 말은 뭐야? 정윤술 원장님의 어머님은 우리가 서울을 출발할 때 휠체어에 타고 오신 할머니신 것을 분명히 봤잖아. 그런데 불과 몇 주 사이에 70살이 넘은 할머니가 30대 아주머니로 바뀌었다면 그게 어디 정상적인 말이냐구?"

"이 깝륭아! 내 이 두 눈으로 똑똑히 봤어. 나만 봤으면 말도 안 해. 윤이도 똑바로 목격을 했단 말이야. 이건 내기해도 좋아."

"……."

수형이는 초딩이라는 말을 들을 정도로 어지간해서는 헤헤거리며 넘어가지만 일단 배알이 뒤틀리면 물불을 가리지 않는다.

그 일 년에 한 번 정도 수형이에게 버럭신이 강림을 하면 뮤즈 걸즈 멤버들은 죄다 수형이의 눈치를 보기 바쁘다.

지금 이 순간에 최수형에게 버럭신이 강림했다는 걸 깨달은 멤버들은 죄다 슬금슬금 수형이의 눈치를 보고 있었다.

강권은 그런 수형이를 보고는 빙그레 웃으며 말했다.

"기왕 봤다니까 하는 말인데 수형이와 윤이의 말이 맞다. 원래는 정윤술의 모친인 금옥자 여사의 건강을 회복시키기 위한 기계를 만들려고 했었는데 예상치 못했던 성능을 갖게 된 것이지."

"최 이사님, 그럼 정말로 노인네가 젊어진단 말이에요? 엄청 대박이다."

"하하하, 엄청 대박은 대박인데 그게 쉽지만은 않는

일이야. 아직 확실하게 밝혀지지는 않았지만 산삼추출물, 동충하초 엑기스, 차가버섯 등 몸에 좋은 것을 엄청 넣은 게 주효하지 않았나 싶어."

"그래도 그게 어디에요? 젊어진다는데……."

"그렇긴 하겠지?"

강권이 이렇게 얼버무리자 뮤즈 걸즈 소녀들은 자기들도 돈을 벌어서 젊어지겠다고 난리가 아니었다.

'하긴, 몇 억, 몇 십억이 든다고 해도 젊어지면 애들이 1년 정도만 벌면 되니까 남는 장사겠지.'

강권이 이렇게 생각하는 것은 2011년을 기점으로 K—Pop이 전 세계로 확산되면서 뮤즈 걸즈들이 벌어들이는 돈은 년 2억 달러에 가까웠기 때문이다.

게다가 재계약을 하면서 수입의 65%를 뮤즈 걸즈 소녀들이 갖고 가는 것으로 되었으니까 이것저것 뗀다고 해도 뮤즈 걸즈 멤버 한 사람이 1년에 100억 가깝게 가지고 간다. 그러니 몇 십억이 든다고 해도 젊어진다고만 한다면 엄청 남는 장사가 아닐 수 없었다.

'누군가 그랬지? 올해 아니면 내년이면 뮤즈 걸즈의 수명이 다한다고. 그게 맞는 말이긴 하지만 '하나로 캡슐'을 활용한다면 앞으로 10년도 가능할지 모르겠어. 물

론 애들이 결혼을 하지 않는다는 전제 조건이 붙기는 하겠지만 말이야.'

뮤즈 걸즈처럼 격렬한 댄스곡 위주로 하는 걸그룹들의 수명은 보통 20대 중반으로 잡는다. 물론 30대 초반이 추축이 된 걸그룹이 없는 것은 아니지만 그건 굉장히 드문 경우에 속한다.

지금 뮤즈 걸즈는 대한민국에서 최고, 아니, 세계에서 최고로 치는 걸그룹이다. 그렇다고 개개인의 능력이 최고라는 말은 아니다. 하지만 각기 다른 멤버 아홉 명의 개성이 완전 하나로 융합이 되어 아마도 뮤즈 걸즈를 능가할 수 있는 걸그룹이 나오기는 쉽지 않을 것이다.

'얘들에게 자기 후계자를 키우라고 해 봐? 제2의 뮤즈 걸즈를 현재의 뮤즈 걸즈들이 만들어 간다. 그러면 '영원히 뮤즈 걸즈'라는 개네들 구호와도 딱 맞겠는데. 호! 그것도 재미있겠어.'

그런데 강권의 이런 생각은 뜻하지 않는 전화에 더 이상 이어갈 수 없었다.

제5장
이것들이 감히

—이봐, 강권이, 자네와 다급하게 상의할 일이 있어서 전화를 했네.

　강권은 서원명 대통령의 긴급 전화를 받고 의아한 생각이 들었다.

　국내도 아무런 문제없이 잘 돌아가고 있고, 그렇다고 강대국들이 압력을 행사한 것도 아닌데 일개 야인에 불과한 자기에게 다급하게 상의할 일이 도대체 뭐가 있단 말인가?

　강권은 고개를 갸웃거리며 물었다.

　"정암이, 자네가 나와 다급하게 상의할 일이 뭔가?"

―큰일 났네. 인도양에서 우리나라 선적의 56만 톤급 유조선이 소말리아 해적에게 피랍되었네.

'제기랄, 해적에게 피랍되었는데 나와 무슨 상관이 있담? 그리고 월드 투어를 하고 있다는 것을 빤히 알면서 왜 나에게 전화를 했지?'

강권은 내심 이렇게 구시렁거렸지만 서원명 대통령이 나름 복안이 있어서 자기에게 전화를 했으리라는 생각이 들어 물었다.

"정암이, 소말리아 해적들이 엄청 골칫거리라는 말은 익히 들은 바가 있네. 하지만 그것이 나와는 아무 상관이 없는 것 아닌가? 군대를 보내든지 아니면 협상 전문가를 보내면 될 게 아닌가?"

―이론적으로야 자네와는 상관이 없다면 없는 일이지. 하지만 보통 해적은 아닐 거란 생각이 들었다네.

"그리고 이해가 되지 않은 게 우리나라의 원유 도입은 대부분 중동에서 이루어지니까 소말리아 근해도 아니지 않은가?"

―휴우, 그러니까 더욱 골치가 아프다는 말이지.

가만히 한숨을 내쉰 서원명 대통령은 유조선이 피랍된 경위를 설명해 주었다.

원래 모잠비크는 남북한 동시 교역국이었지만 북한과 더 가까운 나라였다.

그런데 최근에 북한과는 단교를 하고 남한과 단독 수교를 했다. 모잠비크 정부는 남한과 단독 수교를 맺으면서 환심을 사려고 유망한 유전을 좋은 조건에 개발할 수 있도록 MOU를 체결하기까지 했다.

물론 이것은 강권이 보여준 무력시위의 영향이 컸을 것이다.

그런데 그 유전에서 처음 퍼 올린 원유를 싣고 오던 56만 톤급 초대형 유조선이 소말리아 해적으로 추정되는 무리들에게 피랍이 되었다는 것이었다.

이에 정부는 해적들과는 대화를 하지 않는다는 원칙에서 최정예의 해군 특수부대를 파견했는데 그 특수부대가 전멸되었다는 내용이었다.

—그런데 문제는 그 해적들이 보유한 무기들이 최신 무기들이었다는 것이라네.

"정암이, 그게 무슨 말이야? 어떻게 해적들이 최신식 무기를 쓴다는 거야?"

—특수부대 요원들이 보내온 사진을 분석해 본 결과 이스라엘제 레이저 조준기가 달린 타보르 소총으로 무장

하고 적외선 고글을 착용한 11인조였네.

"그 정도야 최신식 무기라고 볼 수 없지 않은가?"

─자네 말마따나 그 정도는 최신 무기라고 볼 수 없겠지. 그렇지만 특수부대가 보내온 화면을 전문가들이 분석해 보았더니 유조선 선상에 최신예로 보이는 공격형 헬기가 있었고, 유조선 근처에 스텔스 기능을 갖춘 호버크래프트가 있었다네. 그렇다면 사정이 달라지지 않겠는가? 게다가 유조 탱크 주위에 휴대폰을 기폭장치로 쓰는 특수 플라스틱 폭탄이 설치되어 있는 것으로 추정이 되네. 아마 우리 특수부대원들이 전멸을 당한 것도 폭탄이 터질까봐 제대로 응전을 하지 못해서 그런 것 같네.

"으음, 그거 문제로군. 정암이 일단 나에게 그 문제의 화면들을 송출해 주게. 그리고 먼저 처리할 일이 있으니 잠시 시간 좀 주게. 알아볼 것도 있고, 또 콘서트 투어 문제도 대책을 세워야 하니까 말일세. 오래 걸리지는 않을 게야."

─휴우, 알겠네. 강권이 번번이 미안하네.

"하하하, 아니네. 마땅히 내가 해야 할 일들이었네. 참, 내가 독자적으로 작전을 할 테니 48시간이 지나도 아무런 연락이 없으면 내가 실패했다고 생각하고 자네가 하고 싶은 대로 하게. 그럼 이만 끊겠네."

강권은 전화를 끊고 곰곰이 생각해 보았다.

사실 호버크래프트야 개나 소나 다 만들 수 있으니까 최신 무기라고는 볼 수 없겠지만 스텔스 기능을 갖추고 있다면 최신식 무기임에 틀림없었다.

보도된 자료에 따르면 미국과 러시아, 중국 등이 스텔스 전투기를 생산할 수 있는 능력이 있다고는 하지만 제대로 된 스텔스 기능을 갖는 전투기를 생산할 수 있는 나라는 미국과 러시아뿐이다.

'그런 최첨단 무기를 갖고 있는 자들이 무엇 때문에 우리나라 유조선 따위에 눈독을 들인단 말인가?'

강권은 해적들이 쓰는 무기가 최첨단이라는 것에서 홀연 느껴지는 게 있기는 했지만 선뜻 이해가 되지는 않았다.

"설마 미국이나 러시아가 개입을 했을라고?"

이렇게 중얼거리기는 했지만 그의 탁월한 육감은 자기를 목표로 생각하고 벌인 일이라고 말해주고 있었다.

친한파라고 할 수 있는 버라마 대통령이 무슨 일을 벌였다고는 생각되지는 않았지만 고금동서, 어느 곳을 막론하고 반골 기질을 갖는 자들이 있게 마련이었다.

그들 중에는 세계의 경찰 역할을 했던 지난날의 미국으로 돌리고 싶은 시대착오적인 생각을 갖는 자들이 있을 것이다.

이것은 꼭 미국이 아니더라도 러시아의 군부 역시 의심해 볼 수 있는 상황이었다.

그리고 기득권자들로 대변되는 세계기업연합(WUC)의 CEO들 역시 그 배후 세력으로 지목하는데 부족함이 없었다.

그 어떤 세력이 관여가 되어 있든 간에 원만하게 수습하는 것은 쉬운 일이 아니었다. 그렇지만 일단 가장 먼저 해야 할 일은 해적들을 소탕하는 것이었다.

"에효, 엄청 골치 아프군. 일단은 콘서트 투어 문제나 해결하고 손을 봐주던지 해야겠지? 그런데 고수원 회장에게 알려야 하나 말아야 하나?"

강권이 이렇게 생각하는 것은 고수원 회장이 내색은 하지 않고 있었지만 강권이 그와 상의를 하지 않고 세계 최강 파이터 대회를 개최한 것에 상당히 불만이 있다는 것을 느꼈기 때문이었다.

사실 콘서트는 강권이 없어도 '해'나 '달'이 그동안 공연했던 것을 편집해서 내보내면 아무런 문제가 없어 애기를 하지 않았던 것인데 받아들이는 사람은 그게 아닌 모양이었다.

하긴 역지사지라고 입장을 바꾸어서 생각해 보면 답은 금방 도출이 된다.

동료라고 생각했던 사람이 자리를 비우면서 아무 얘기를 하지 않고 사라져 버리는 것과 얘기를 하고 가는 것과는 엄청 차이가 있을 것이 때문이다.

고수원 회장이 다시 보지 않을 사람이라면 상관이 없겠지만 앞으로도 계속 밀접한 관계를 유지해야 하는 사람이니까 신뢰 차원에서라도 귀띔을 해줄 필요가 있었다.

또 그러는 것이 상대를 배려하는 것이기도 했다.

"이 기회에 뮤즈 걸즈에 대한 내 생각을 얘기해 주는 것도 그다지 나쁘지 않을 거야."

이런 생각에서 강권은 고수원 회장을 찾아갔다.

강권에게 시간적 여유가 조금만 더 있었더라도 자기가 고수원 회장을 직접 찾아가는 일은 없었을 것이다.

그래서인지 강권이 느닷없이 자신의 방에 찾아오자 고수원 회장은 자기가 강권에게 무슨 잘못이나 저지른 것처럼 화들짝 놀라는 것이었다.

고수원에게 있어서 강권은 항상 경이원지(敬而遠之)의

대상이었기 때문이리라.

"최, 최 이사님, 무, 무슨 일로 저를 다 찾아주셨습니까?"

"하하하, 고 회장님, 지금 그 말씀은 제가 찾아온 것이 불편하시다는 말씀이신 모양인데 도로 나갈까요?"

"하, 하, 하, 그, 그게 설, 설마요?"

"하하하, 농담입니다. 고 회장님께 상의드릴 일이 있어서 찾아왔습니다."

강권은 사색이 되어 있는 고수원 회장에게 부드럽게 용건을 말했다.

"우리나라 유조선이 소말리아 해적들에게 피랍이 되었다고요?"

"예. 그래서 제가 자리를 잠시 비워야 될 것 같아서 말입니다."

"휴우, 그럼 그렇게 하셔야지요. 그렇다면 콘서트는……."

"콘서트는 예정대로 진행하면 됩니다."

강권의 말에 고수원 회장은 눈을 동그랗게 뜨면 의문을 제기했다.

"이번 콘서트 투어의 고갱이나 다름이 없으신 최 이사

님이 안 계시는데 어, 어떻게……."

"하하하, 고 회장님, 그 문제에 대해서는 전혀 걱정하지 마십시오. 이미 프로그램이 되어 있으니 저의 공연은 조금도 차질이 없을 것입니다. 그런데 그것보다는 뮤즈 걸즈 아이들에 대해서 드릴 말씀이 있습니다."

강권의 입에서 뮤즈 걸즈에 대해서 할 말이 있다는 말이 떨어지자마자 고수원 회장의 얼굴은 창백하게 변했다.

마치 올 일이 온 것이라는 절망을 표정으로 담고 있는 것처럼 보였다.

사실상 KM 엔터테인먼트의 최고 보물로 자리매김하고 있는 뮤즈 걸즈가 강권의 눈 밖에 나는 것은 고수원이 가장 두려워하는 것이었다.

"뮤즈 걸즈 아이들이오? 죄송합니다. 최 이사님, 걔네들에게 그렇게 주의를 주었지만 결국 사태가 이 지경에 빠져 버렸군요. 걔네들이 최 이사님께 너무 버릇이 없다는 것은 익히 알고 있습니다. 제발 넓은 아량으로 용서해 주시기 바랍니다."

"하하하, 고수원 회장님, 무슨 말씀을 하시는 것입니까? 제가 회장님께 드릴 말씀은 그런 게 아닙니다. 뮤즈 걸즈 아이들이 저에게 버릇이 없게 대하는 게 아니라 오

히려 그 아이들 덕분에 투어를 지겹지 않게 보낸다고나
할까요."

"휴우, 그렇다면 다행이고요. 그런데 그 아이들을 대
해서 무슨 말씀을 하시려는지?"

"하하하, 요즘 뮤즈 걸즈 아이들과 조금 친해지다 보
니까 걔네들에 대해 조금 더 깊이 생각을 하게 되더군요.
회장님이 보실 때 그 아이들의 걸그룹으로서의 수명은 어
느 정도일 것 같습니까?"

강권의 뜻밖의 질문에 고수원 회장은 질문의도가 무엇
인지 몰라 당황한 듯 보였다.

강권은 그런 고수원을 보며 웃으며 말했다.

"보통 댄스와 퍼포먼스 위주로 하는 걸그룹의 수명은
20대 중반이지 않습니까? 이건 뮤즈 걸즈 아이들의 경
우에도 그것에 크게 벗어나지는 않을 것입니다. 그래서
말인데 이렇게 하면 어떻겠습니까?"

"어, 어떻게요?"

"제가 뮤즈 걸즈를 객관적으로 본 대로 말씀드리자면
그 아이들 각자는 자기가 맡은 분야에서 최고는 아닙니
다. 그렇지만 아홉 명이 모인 뮤즈 걸즈의 총합은 지금
세계 최고의 걸그룹이라고 해도 과언이 아닙니다. 그리고

뮤즈 걸즈 아이들은 앞으로 3~4년은 최정상에 있을 것
이고요. 그런데 문제는 화무십일홍이라고 그 아이들도
3~4년 후에는 서서히 내리막길로 들어설 것이라는 점이
지요. 그래서 제가 생각한 것은 지금부터 뮤즈 걸즈 아이
들이 각자 자기 후계자를 찾아서 제2기 뮤즈 걸즈를 훈
련시키는 게 어떨까 하는 것입니다."

"흐음……."

"KM 엔터테인먼트에서 뮤즈 걸즈를 키우면서 쌓은
노하우와 뮤즈 걸즈 아이들이 걸그룹 활동을 하면서 얻은
경험에다 3~4년 뮤즈 걸즈 아이들과 함께 지내면서 그
녀들의 분위기를 배이게 한다면 뮤즈 걸즈의 영광은 끝없
이 이어지지 않겠습니까?"

이것은 고수원 회장은 미처 생각지 못했던 부분이었다.

사실 KM 엔터테인먼트에서 뮤즈 걸즈라는 걸출한 걸
그룹을 만들기 위해 투자한 돈은 천문학적인 액수였다.
물론 그 돈이 오롯이 뮤즈 걸즈에게만 쏟아부은 것은 아
니었지만 슈퍼 걸즈라는 프로젝트로 쏟아부었으니 뮤즈
걸즈에게 썼다고 해도 과언이 아니었다.

어마어마한 돈을 들여 막상 데뷔를 했지만 '원더 키
드'라는 복병을 만나 완전 죽을 쒔다.

'원더 키드'가 미국에 가서야 뮤즈 걸즈가 겨우 자리를 잡았지만 비용을 회수하고 실질적으로 돈을 벌어들인 것은 2010년부터라고 보면 된다.

최정상 걸그룹이라고 자타가 공인한 다음부터는 황금알을 낳는 거위가 되었고, 강권의 말마따나 KM 엔터테인먼트에서도 앞으로 2~3년이면 이런저런 이유로 뮤즈 걸즈가 쇠퇴기에 접어들 것이라고 예측하고 있었다.

사차원함수 애들이 나름 뮤즈 걸즈의 뒤를 받쳐줄 것이라는 기대를 하고 있었지만 아무리 후하게 평가를 해도 뮤즈 걸즈와는 차원이 달랐다.

따라서 지금 KM 엔터테인먼트에서 바라고 있는 것이 있다면 뮤즈 걸즈 애들이 최대한 길게 자기들의 이름값을 유지하는 것이다. 그렇다고 해도 1~2년 더 이름값을 유지하는데 그칠 것이지만 말이다.

그런데 만약에 지금 뮤즈 걸즈 애들의 개성을 발전적으로 이어받는다면 뮤즈 걸즈라는 이름값은 계속 유지될 수 있을 것이다.

실로 획기적인 생각이 아닐 수 없었다. 물론 온전하게 뮤즈 걸즈의 이름값을 이어가는 것은 어렵더라도 충분히 시도해 볼 만한 일이 아닐 수 없었다.

"하하하, 최 이사님의 말씀을 듣고 보니 정말 그럴듯하군요. 자신의 후계를 키운다는 것 자체도 충분히 이슈가 될 수 있겠는데요? 케이블과 손잡고 뮤즈들의 후계를 키우는 것을 방송으로 내보내도 꽤 흥미를 끌 것 같은데요?"

"뮤즈 걸즈의 후계자를 만드는 것을 방송으로 보여준다라……."

이건 연예계에 깊이 관여하지 않은 강권이 미처 생각하지 못한 아이디어였다. 역시 우리나라 엔터테인먼트계의 대부라고 불리는 고수원이라는 생각이 들었다.

강권은 고개를 주억거리며 말을 이어갔다.

"하하하, 회장님께서 말씀하신 것처럼 뮤즈 걸즈의 뮤즈들이 자신의 후계자를 찾는 것을 방송에 내보내면 전 세계 팬들의 주목을 받게 될 것 같습니다. 또한 뮤즈 걸즈의 아이들이 차세대 뮤즈를 키우면서 얼마나 힘들게 훈련하고 있는가를 방영한다면 뮤즈 걸즈에 더욱더 경이를 갖게 되겠지요."

"하하하, 그럴 것 같군요. 그런데 문제는 그렇게 되면 우리 KM이 걸그룹을 키우면서 터득한 노하우들이 유출되지 않을까요?"

"하하하, 노하우야 이미 유출될 만큼 유출되지 않았습니까? 좀 더 새로운 방식으로 걸그룹을 키우도록 노력을 해보아야지요."

고수원 회장도 모르는 바는 아니었다. 하지만 지금 갖고 있는 노하우는 최상의 것이라고 믿고 있었기 때문에 새로운 방식의 훈련을 모색하는 것은 모험이나 다름없다고 생각하고 있는 것이다.

고수원 회장의 속내를 알았다는 듯 강권이 말을 덧붙였다.

"고수원 회장님, 새로운 방식의 훈련이 모험일 것처럼 여겨지지요? 그런데 뮤즈 걸즈 멤버들을 좀 더 특화시켜 연주를 잘하는 멤버, 작곡을 잘하는 멤버, 작사를 잘하는 멤버를 따로 키운다면 뮤즈 걸즈 아이들이 스스로 만든 곡을 스스로의 생각으로 퍼포먼스를 하게 한다면 어떻게 되겠습니까? 지금처럼 기계적으로 양산한 공장형 걸그룹이 아닌 제대로 된 뮤지션으로 인정해 주지 않겠습니까?"

"휴우, 최 이사님, 그렇기는 하지만 작곡과 작사라는 게 그리 쉬운 것만은 아니랍니다. 최 이사님도 작곡을 해보셨으니 잘 알고 계시잖습니……."

고수원은 자신의 말에 어폐가 있다는 것을 느껴 얼버

무리지 않을 수 없었다. 작곡과 작사가 어렵다는 것은 당연한 일이지만 눈앞에 있는 이 괴물에게는 그 당연한 일이 전혀 당연하지 않다는 게 떠올랐기 때문이다.

"고 회장님께서 그렇게 말씀하시니 제가 한 말씀 더 드리겠습니다. 회장님께서는 요사이 예리나가 무엇을 하고 있는지 아십니까?"

"그 말씀은……."

강권의 말에 문득 요사이 예리나가 거의 밖으로 나다니지 않고 있다는 것이 생각났다.

고수원은 그저 처음 투어니 피곤해서 그런다거나, 혹은 모처럼 자기 엄마와 함께 있으니 그럴 것이라는 추측만 하고 있었다. 그런데 강권의 말을 들어보니 뭔가 다른 것을 하고 있는 것 같지 않은가?

"그럼 혹시 예리나가……."

"그렇습니다. 지금 예리나는 작곡과 악기 연주하는 법을 배우고 있습니다."

"예에? 예리나 혼자서 작곡과 악기 연주하는 법을 배우고 있다고요?"

고수원이 어이가 없다는 듯 되묻자 강권은 신비롭게 웃으며 대꾸했다.

"하하, 정확하게 말한다면 기타를 배우고 각 음이 갖고 있는 느낌을 익히고 있다고 해야 하나요?"

"……."

"고수원 회장님도 가수 생활을 하셨으니까 음마다 그 음이 갖고 있는 고유한 느낌이 있다는 것을 알고 계실 것입니다. 어떤 음은 발랄하고 어떤 음은 차분하고 어떤 음과 어떤 음을 섞으면 그 음이 갖고 있는 고유한 느낌이 배가 되거나 확연히 달라지기도 합니다. 그렇게 음들이 갖는 느낌들을 하나하나 파악해 놓으면 새로운 곡을 만드는데 엄청 도움이 됩니다."

강권의 설명에도 불구하고 고수원이 여전히 긴가민가 하는 표정을 짓자 강권은 자신이 작곡한 곡 하나를 택해 그 곡의 음 하나, 하나를 낱낱이 분해하며 이해를 도왔다.

고수원은 강권의 설명에도 불구하고 완전 이해가 되는 것은 아니었지만 어린 나이에 100곡이 넘는 히트곡들을 작곡했으니 믿지 않을 수도 없는 노릇이었다.

"이렇게 음의 느낌을 하나하나 익히고 나서 그것을 작곡 프로그램에 대입을 시키면 작곡이란 것이 그다지 어렵지만은 않습니다."

강권이 이렇게 작곡이 엄청 쉬운 것처럼 얘기하는 것에 고수원 회장은 완전 학을 떼지 않을 수 없었다.

　'이런 괴물 같으니라고.'

　고수원 회장으로서는 강권에 대해서 이렇게 평가할 수밖에 없었다.

　그러다 문득 요사이 모아 역시 자기 방 안에 처박혀서 디지털 피아노를 쿵쾅거리고 있다는 보고가 떠올랐다.

　'설마 모아 녀석도 이 괴물의 말을 듣고서 자기도 당당히 뮤지션이 되겠다고 그러고 있는 것은 아니겠지?'

　그런데 그 설마가 모아가 처해 있는 현실이었다.

　강권에게 프러포즈했다가 완곡한 퇴짜를 받은 모아는 고수원 회장 말마따나 디지털 피아노를 쿵쾅거리며 자신의 마음을 악보에 담고 있었던 것이다.

　모아의 이 '강권앓이'는 희대의 명곡으로 불리는 몇 개의 곡들을 생산해 내는 결과를 가져왔다.

　물론 그 곡들의 배경이 '강권앓이'였다는 것은 누구에게도 밝혀지지 않았지만 말이다.

―주인아, 이 망할 놈의 해적 나부랭이들의 배후는 미국일 것 같은데……

서원명 대통령이 보낸 문제의 화면을 분석하던 '달'의 말이었다.

강권은 '달'이 평소와는 다르게 추측성 발언을 하는 것이 못 미더워 을러댔다.

"뭐시라? 미국이라고? '달' 네가 미국이라고 말하는 정확한 근거를 대봐."

―주인아, 척하면 척 몰라? 미국과 러시아가 무기를 만드는 패턴이 약간 다른데 미국은 무기들의 외관이나 쓰는 사람의 안전 등 제반 사항을 고려하는데 러시아의 무기들은 효율성을 최우선적으로 고려하고 있어. 그리고 공격형 헬기와 호버크래프트에 쓰인 스텔스 기능을 분석해 봐도 미국의 기술에 더 가까운 것으로 여겨지거든.

―주인님, 화면을 분석해 보고 저도 그렇게 판단하고 있습니다만 화면상으로 보이는 소말리아 해적이라고 추정되는 인물들의 외양이 전형적인 아프리카 흑인들입니다.

"그러면 소말리아 해적의 소행이라는 것을 전혀 부정할 수는 없겠네. '달'은 거기에 대해서 어떻게 생각해?

너는 미국이라고 확신하고 있지?"

강권의 단정적인 물음에 '달'은 호들갑을 떨며 대꾸했다.

—캬아, 역시 주인은 귀신이라니까.

"잔말 말고 정보 캔 것이나 읊어봐."

—에이, 주인도. 알았다. 주인아, 미국 CIA 본부가 어디 있는지 정도는 알고 있지? 그 버지니아주 랭글리에 평소와는 다른 이상한 움직임이 포착되었어.

"평소와는 다른 이상한 움직임이라니?"

—미국 CIA에는 S1과라는 특수한 기구가 있어. 국제적 테러분자에 대한 암살을 전문으로 하는 기구야. 영국의 M16을 본떠 만든 기구지. 왜 있잖아? 007 말이야.

강권은 자꾸 헛소리를 해대는 '달'의 작태에 인상을 찌푸리자 '달'은 움찔하더니 미주알고주알 술술 말했다.

특수 비밀 요원인 제임스 카프리란 자가 부국장 중 하나인 요크 테세우스의 비밀 회동이 잦아졌다는 것이었다.

"우리나라 유조선의 피랍에 대한 정보를 보고하는 거 아냐?"

—하! 주인아, 내가 그걸 모르겠냐? CIA에는 테러, 암살, 납치에 대한 대책을 세우는 팀이 따로 있단 말이

다. 그 책임자는 브리어 부국장이고, 물론 사안에 따라서
는 CIA 국장인 피트 스트하우스가 주도를 하지만 말이
야. 이 경우에는 미국의 안전과는 직접 관계가 없기 때문
에 브리어 부국장이 책임자란 말이지.

"걔네들이 만나서 무슨 말들을 했는데?"

―그것을 전혀 알아내지 못했어. 다만 최근에 차세대
헬기를 개발하는 핼리버튼사에 카프리의 부하로 보이는
자가 자주 드나들었다는 것은 알아냈어.

"혹시 최신예 공격형 헬기를 거기에서 만드는 것 아
냐?"

―그것을 알아내려고 해킹을 하는데 그게 쉽지 않아.
얼마나 꽁꽁 싸맸는지 도무지 가닥을 잡지 못하겠더라고.
그렇지만 그게 그만큼 뒤가 구리다는 증거 아니겠어?

"아이고 두야. 야! '달', 막말로 핼리버튼사는 세계
10대 군수기업에 속하는 기업인데 그 정도의 방화벽을
설치하는 것은 당연하잖아. 그런데 그것을 뒤가 구리다고
말하는 거야? 에라이, 그렇게 말하는 니가 더 구리다."

강권의 말에 '달'이 방방 뛰었지만 강권은 살짝 무시
를 해주었다.

"잔말 말고 호버크래프트에 대해서는 좀 알아냈어?"

—그건 아마 미국의 록히드마틴사가 독자적으로 개발하는 것 같아.

—주인님, '달'이 말한 것처럼 그 호버크래프트는 록히드마틴사의 야심작인 것 같습니다. 핵잠수함에 들어가는 최신형 원자로를 동력원으로 채택했기 때문에 따로 연료의 보충이 없이 무제한 작전이 가능합니다. 또한 최고 속도가 300km에 달해서 어지간한 경비행기나 헬기보다도 더 빠릅니다. 게다가 스텔스 기술을 채택하고 소음 또한 화물 자동차 정도 수준이어서 특수부대 작전용으로 록히드마틴사가 야심차게 개발하고 있는 것입니다. 지금은 시제품을 만들고 있는 정도라고 알려져 있는데 아마도 이 호버크래프트는 그 시제품들 중의 하나인 것 같습니다.

"알았어. 그럼 미국 쪽의 혐의가 점점 짙어진다는 말이겠네. 그건 차차 알아보기로 하고……."

강권은 '달'에게 묻는 것은 그 정도로 하고 이번에는 '해'에게 물었다.

"참, '해'는 소말리아 해적들에 대해서 조사했지? 조사한 것을 말해봐."

—예. 주인님. 소말리아의 해적들을 조사하다 흥미로

운 것을 발견했습니다. 서구 선진국에서 암암리에 소말리아 해적들을 돕고 있는 것처럼 보이는 몇 가지 단서를 찾아내었습니다.

"서구 선진국에서 소말리아 해적들을 돕고 있다고?"

—예. 주인님, 일부 서구 선진국의 기업들은 소말리아 해적을 이용해서 돈벌이에 혈안이 되어 있습니다. 예를 들면 작년에 무기나 보안 장비를 판매해서 20억 달러의 수입을 올렸고, 10억 달러에 가까운 보험 판매의 수익을 챙겼다는 것이 그것입니다. 그뿐만이 아니라 해상 운송 업체 역시 해상 운송료를 대폭 올려서 차익을 챙기고 있습니다. 이렇게 수익을 얻고 있는 기업들은 자국 정부에 로비를 해서 소말리아 해적들의 대대적인 토벌을 말리고 있는 실정이지요. 이번에 우리나라 유조선의 피랍 사건 역시 뭔가 이상한 것이 몇 가지 있습니다. 우선 우리나라 유조선의 항해 경로는 소말리아와는 엄청 떨어진 곳이어서 그 지역에서는 아직까지 단 한 건도 해적들에게 피해를 당하지 않았다는 것입니다. 기존의 해적들 장비로는 접근조차 하지 못하는 곳이기 때문입니다. 우리나라 유조선이 첫 번째인 셈이지요. 아마 소말리아 해적들이 작정하고 우리나라 유조선을 타케트로 삼아서 피랍을 한 것으

로 추정이 됩니다. 두 번째는 소말리아 해적들이 피랍된 우리나라 유조선을 인도양 한복판으로 몰고 가고 있다는 점입니다. 소말리아 쪽으로 가지 않고 점점 더 공해상으로 가고 있다는 것이 엄청 의문스러운 점입니다. 또 공교로운 것은 주인님께서 콘서트 투어로 몸을 뺄 수 없으시다는 허점을 노린 것 같다는 것입니다. 아마도 주인님께서 어떻게 반응할 것인가를 떠보고 있는 것 같다는 말이지요.

'뭔가 엄청 구린내가 풍기는 것 같군. 이 자식들 두고 봐라. 일단 유조선을 점령하고 있는 해적들을 소탕하고 나서 보자고.'

강권은 내심 이렇게 결심하고 소말리아 해적들과 서구 선진국들 사이의 공생관계에 대해서 아예 소설을 쓰려는 '해'를 제지하며 말했다.

"대충 알았으니 그만하도록 해. 일단 '해'는 백룡을 조종해서 투어에 차질이 없도록 만전을 기하고, '달'은 나와 함께 피랍된 유조선을 구출하러 간다. 알겠지?"

─예. 주인님.

─야! 신난다. 주인아, 지금 가는 거야?

"아니, 조금 있다 해질 무렵에 출발한다. 아무래도 일을 벌이기에는 야간이 좋지 않겠어?"

─그거야 그렇지. 그런데 주인아, 그동안 무얼 하려고?

"내가 백룡에 없으니까 이것저것 보완을 해두어야 하겠지. 경옥이와 예리나에게도 말을 해놓고 말이야."

강권은 생각해 두었던 일들을 다 처리하고 '해'에게 다음 콘서트에 자신이 부를 노래에 녹화를 지시했다.

다음 녹화에 부를 곡목은 제니 험프리 쇼에서 불렀던 'Life Is Beautiful Thing.'과 'Some Holidays Morning.'이었다.

'Life Is Beautiful Thing.' 봉황음 중 조(調)자결을 'Some Holidays Morning.'은 봉황음 중의 화(和)자결을 사용해서 부른다.

봉황음의 조(調)자결은 타인과 타인의 협력을 꾀하는 것이고 화(和)자결이 몸 안의 조화로움을 꾀하는 것이기 때문에 콘서트에 참가하는 사람들의 건강은 한결 좋아질 것이다.

물론 강권이 생음악으로 들려주면 훨씬 더 효과가 좋지만 이번에는 어쩔 수 없이 녹화 영상을 쓸 수밖에 없어 보통 콘서트보다 10배 이상 비싸게 주고 티켓을 구입해서 들어온 사람들에게 약간은 미안한 생각이 들었다.

하지만 큰 차이는 없으니 속이거나 하는 것은 아니어서 양심의 가책은 들지 않았다. 녹화가 끝나자 강권은 자신이 없는 동안 할 일을 '해'에게 지시했다.

"아마 하루 아니면 이틀 정도 걸리겠지만 내가 없는 동안 백룡을 책임지도록 해라. 무엇보다도 백룡에 타고 있는 사람들의 안전을 최우선으로 생각하고 조종하는 것을 잊지 말도록. 알았지?"

─예. 알겠습니다. 주인님.

"지금 우리나라 유조선이 어느 곳에 있지?"

─주인아, 잠깐. 으음, 위도는 북위 8도 28분 18.48초이고, 경도는 동경 65도 15분 15.65초야.

"그럼 인도양 한복판이라고 할 수 있겠군. '달'아, 보라매의 항로를 설정하고 즉시 출발하도록 해."

─알았다. 주인아. 어디 가설라무네. 위도가 북위 8도 28분 18.48초이고, 경도는 동경 65도 15분 15.65초라. 됐다. 주인아, 출발한다.

'달'은 즉시 보라매의 네비게이터에 정확한 지점을 설정하고는 보라매를 출발시켰다.

그리스 아테네에서 인도양 한복판까지는 상당히 먼 거리였지만 시속 8,000km 이상으로 날 수 있는 보라매에게는 그리 먼 거리가 아니었다.

그런데 만에 하나 미국이 개입되었다는 전제하에 스텔스 기능을 활성화시키다 보니까 정상적인 속도보다는 조금 떨어진 마하 4 정도의 속력이어서 유조선까지는 대략 한 시간 정도가 걸렸다.

강권은 유조선 근처에 오자 유조선의 바로 위 1,000m 상공의 구름 속에서 유조선 내부를 관찰하기 시작했다.

구름 속, 1,000m 상공이라고는 하지만 [이글 아이]라는 마법 아티펙트를 사용해서 보고 적외선 추적기로 감지하기 때문에 유조선 위의 상황을 낱낱이 파악할 수 있었다.

56만 톤급 유조선은 길이가 거의 460m에 폭이 70m에 달할 정도로 엄청 컸다.

그 큰 배에 지금 승선하고 있는 인원은 40명 남짓이었다. 해적들이 9명이라고 했으니 선원은 대충 30명 정도

인 셈이었다.

"햐, 저 큰 배에 불과 40여 명이 타고 있다는 말이네."

—카, 이 무식한 주인아, 기름을 싣고 다니는 유조선은 원래 선원들이 적은 편이라고. 기계가 다 알아서 해주는데 사람만 많이 탄다고 뭐가 좋겠어? 임금만 많이 나가지.

"이런 버릇없는 놈 같으니라고. 야! 인마, 누가 그걸 몰라? 한 번 푸닥거리 해볼까? 영원히 소멸되고 싶지?"

강권이 을러대자 '달'은 찍 소리도 못하고 얌전해졌다.

"너 한 번만 그렇게 버릇없게 굴면 일체 용서를 하지 않을 거야. 그렇게 알아."

강권은 다시 한 번 으름장을 놓고 유조선에 있는 해적들의 위치를 스캔하도록 지시했다.

—주인아, 식당으로 추정되는 곳에 30여 명이 모여 있고, 나머지는 선체 이곳저곳에 분산이 되어 있어. 선상에 두 명이 있고, 선장실에 두 명, 나머지 다섯 명은 한 곳에 모여서 자고 있는 것 같은데.

강권은 '달'의 말에 언젠가 신문에서 커다란 상선이나

유조선 같은 것은 안전실이라는 게 따로 있어서 유사시에 거기로 대피한다는 걸 본 것이 생각났다.

'달'이 말했던 식당으로 추정되는 곳이 아마도 안전실인 것 같았다.

선원들이 모두 안전실로 대피해 있다면 해적들의 제압은 의외로 쉬울 수 있었다.

그렇지만 귀중한 인명이 달려 있는 것이어서 최대한 안전 위주로 진압하기로 했다.

"일단 정암이에게 유조선의 구조도를 보내달라고 해야겠군."

물론 이것은 선원들의 피해를 방지하기 위한 확인 차원이었다.

강권이 전화를 걸자 서원명 대통령이 초조한 목소리로 진행 상황을 물어왔다.

"하하, 나는 지금 유조선 바로 위에 있네. 해적들을 진압하기에 앞서 선원들의 안전 때문에 유조선의 구조를 알고 싶어서 전화를 했네."

—유조선의 구조?

"그렇지. 유조선의 구조를 알아야 선원들이 어디에 있는지를 알고 거기에 맞춰 진압작전을 펼쳐야 되는 것 아니겠나?"

─잠깐 기다려 보게.

수화기에 서원명 대통령이 청와대 비서실 직원들에게 유조선의 구조에 대해서 묻는 소리가 들렸다.

그러기를 대략 1~2분이 지나서 군관계자인 듯 여겨지는 사람이 서원명 대통령에게 유조선의 구조에 대해서 무어라고 말하는 소리가 들렸다.

─이봐, 강권이, 유조선의 구조도를 자네에게 보내도록 하겠네. 예전에 쓰던 메일로 보내주면 되겠지?

"그래. 그리고 진압할 수 있을 것 같으니까 너무 걱정하지 말게."

─우리 국민의 목숨이 달린 일인데 어찌 걱정이 되지 않겠나? 다른 선박과는 달리 피랍된 유조선은 태반이 우리나라 국민들이고 외국인은 몇 명 되지 않으니까 되도록 선원들의 안전에 만전을 기해주기 바라네.

"하하하, 너무 걱정하지 말래도. 그걸 생각지 않았다면 이미 진압이 끝났을 것일세."

강권의 호언장담에 서원명 대통령은 마음이 놓이는지 한숨을 내쉬는 것이었다.

─휴우, 내가 대통령이 되고 나서 처음 이런 일을 겪으

니 엄청 당황스러웠네. 그래도 자네가 있어서 나름 침착하게 대처할 수 있었어. 정말 고마우이.

'허허, 이 친구 보게. 얼마 전에 중국과 전면전을 치를지도 모를 상황을 겪었으면서 어떻게 이런 말을 할 수 있나? 하하하, 이 친구하고는. 이미 지난 일은 마음에 크게 와 닿지 않는다는 말이 생각나게 만드는군.'

강권은 내심 이렇게 생각을 하고는 아무렇지도 않게 대꾸했다.

"하하하, 별말씀을. 다 우리나라를 위하는 일인데 조금 수고스럽다한들 어쩔 것인가? 국민 된 도리로 그 정도야 감수해야 되지 않겠나?"

—하하하, 이 친구야, 자기 한 몸 잘 먹고 잘살자고 나라를 팔아먹은 매국노들이 어디 한둘인가? 자네나 되니까 자기 일 제쳐 두고 발 벗고 나서는 거지. 이번 일이 잘 해결되면 내 큼지막한 훈장을 안겨주도록 하겠네.

"에헥! 뭐라고? 훈장을 준다고? 제발 그런 실없는 소리랑은 일절 하지도 말게. 막말로 내가 그런 훈장이나 바라는 사람이었다면 대한민국이란 나라를 내 손아귀에 넣고 왕이나 해먹고 있었을 것이네. 그렇게 생각되지 않나?"

—하, 하긴, 자네 능력이라면 충분히 대한민국의 왕이
되고도 남았을 것이네.

　강권이 너무 엄청난 말을 해서인지 서원명 대통령은
이 말을 끝으로 조심하기를 당부하고는 이내 전화를 끊어
버렸다.

　강권은 서원명 대통령의 당황하는 태도에 괜히 웃음이
나왔다.

　"하하하, 이 친구가 뜨끔한 모양이로군. 그나저나 예
상대로 선원들이 안전한 곳으로 미리 피신해 있었으니 급
한 것은 폭탄을 제거하는 것인가?"

　강권은 이렇게 중얼거리고 난 다음에 '달'에게 화면에
있는 폭탄에 대해서 자세하게 조사하라고 명령했다.

　폭탄만 아니라면 우리나라 선원들이 안전실에 있으니
그깟 해적 나부랭이 아홉쯤이야 해장거리도 안 된다. 설
사 해적들이 발악을 하듯 총을 쏴대더라도 유조선에서 유
조 탱크의 두께는 4cm 이상의 강판을 사용할 뿐만 아니
라 이중 격벽 구조여서 어지간한 충격에는 끄떡도 없다.

　그러니 특수 플라스틱 폭탄을 무용지물(無用之物)로
만든다면 총격전을 벌이더라도 아무런 문제도 발생하지
않을 것이기 때문이었다.

'달'이 어떤 존재인가? 강권의 명령에 큰소리로 대꾸하는 것이었다.

　—주인아, 염려하지 마. 인터넷을 뒤져 보니까 저 폭탄은 전파 교란을 하면 멍텅구리가 된대. 그래서 이미 전파 교란을 하고 있었어.

　강권은 영악한 '달'이 오늘따라 미더웠다.

제6장
이것들이 정말 웃기고 있군

"선장님, 우리를 구해주려던 특수부대 요원들이 전멸을 당했는데 이제 우리는 어떻게 해야 합니까?"

"갑판장, 자네도 알다시피 특수부대 요원들도 전멸을 당했는데 전역한 지 10년도 넘은 우리들이 저들과 어떻게 상대할 수 있겠는가? 정부가 꼭 구해줄 테니까 괜히 설치다가 아까운 생명을 버리지 말고 진득하게 참도록 하게."

"그렇지만 선장님, 그렇다고 우리가 여기서 이대로 굶어 죽을 수는 없지 않겠습니까? 이래도 죽고 저래도 죽을 바에는 차라리 싸우다 죽는 게 나을지 싶습니다."

"갑판장 자네 말에도 일리는 있네. 하지만 안타깝게도 우리가 가진 카빈 몇 정으로는 저들의 상대가 되지 못하네. 게다가 해적들이 유조 탱크에 폭탄을 설치해 놓았네. 설사 저들을 제압한다고 해도 기폭장치를 갖고 있는 자가 폭탄을 터트리면 우리는 꼼짝없이 죽을 수밖에 없지 않은가? 아직 하루 이틀 정도는 버틸 식량이 있으니까 그때까지만 참도록 하게."

Dtx 조선해양 소속의 유조선 다이내믹호의 선장인 최관진은 갑판장 송태호의 응전 요구에 다독거리며 자제를 시켰다.

그렇지만 이런 상황이 오래가지는 못할 것이라는 생각이 들자 내심 한숨을 내쉬지 않을 수 없었다.

사실 원양 선박에 안전 구역을 설치하는 의도는 혹시 있을지 모를 해적의 침입에 대비해서 일정 기간 동안 안전을 확보해서 구조를 기다리자는 것이었다.

그런데 이 다이내믹호는 연식이 좀 되어서 안전 구역이 없이 건조되어졌고 뒤늦게 안전 구역을 만든 경우에 속했다. 이나마 안전 구역이 만들어진 것도 최관진 선장이 회사에 수차례나 건의를 해서 겨우 만들어졌다.

그러다 보니 안전 구역에 비상식량을 마련해 두어야

하는 것이 당연한데도 회사에서는 이번에 원유를 싣고 오면 해주겠다는 식으로 차일피일 미루기만 하고 있었다.

지금 근근이 버티고 있는 비상식량과 외부와 연결하는 CCTV를 설치한 것도 최관진 선장의 사비를 들인 일이었다.

국내에서 가장 큰 56만 톤급 유조선 선장의 말을 회사에서 자꾸 묵살하는 것에는 다 그만한 이유가 있었다.

다른 원양 선박의 경우에 임금이 싼 동남아인을 고용하는 것이 보통인데 다이내믹호의 경우에는 최관진 선장의 요구로 총원 30명 중에서 한국 선원이 26명일 정도로 한국인을 우선적으로 채용했다.

회사 입장에서 보면 잡다한 요구 사항이 많은 최관진 선장이 도무지 도움이 되지 않는 위인이어서 이번 계약이 끝나면 재계약을 하지 않으려고 묵살하고 있었던 것이다.

갑판장 송태호는 UDT로 복무할 때 해군 함장인 최관진 선장을 처음 만났다.

그때부터 최관식의 인간성에 반해 줄곧 따라다녔다.

그리고 이런 이유로 최관진은 Dtx 조선해양에 입사해서 다이내믹호의 선장이 되자 선원들 태반을 자기를 따르는 부하들로 충원할 수밖에 없었다.

이런 전력이 있었기 때문에 송태호는 해적들과 일전을 불사하자는 말도 서슴지 않고 할 수 있었던 것이다.

그렇지만 특수부대원 출신은 갑판장 송태호와 부갑판장이자 보안팀장 정기수뿐이었고 나머지는 죄다 총도 제대로 쏴보지 못한 해군 출신들이었다.

이것이 바로 최관진 선장이 송태호의 제안을 거부할 수밖에 없는 이유이기도 했다.

그런데 최관진 선장은 송태호의 제안에는 자신과 정기수는 야음을 틈타서 해적들과 싸우겠다는 의미를 내포하고 있다는 것은 미처 생각지 못했다.

실제로 송태호는 정기수와 해적들과 싸우기로 암묵적으로 합의한 상태였다.

어린 시절부터의 죽마고우이자 4년 2개월 동안 UDT 동기로 지낸 이들 두 사람은 눈빛만 봐도 상대가 무슨 생각을 하고 있는가를 알 수 있었기 때문에 말이 필요 없었다.

무기라고는 월남전 때나 사용했을 법한 카빈 소총과 단검뿐이었지만 이곳은 어디까지나 그들에게 익숙한 곳이었다.

똥개도 제 집에서는 반은 먹고 들어간다는 말도 있잖은가?

게다가 안전 구역에 설치되어 있는 CCTV로 상대의 위치를 어느 정도 파악하고 있는 것도 훨씬 승산을 높여 줄 것이다.

하늘이 두 사람을 도우려는지 밤 8시가 넘어가면서부터 갑자기 날이 찌푸려지기 시작했다.

그것을 느꼈는지 가만히 앉아 있던 정기수가 군대 시절에 쓰던 수신호로 시작하자는 신호를 했다.

두 사람은 자연스럽게 무기고에서 카빈을 꺼내고 주섬주섬 탄창을 조끼에 끼워 넣고는 조심스럽게 문을 열고 밖으로 나왔다.

10여 일 동안 지켜본 바에 의하면 폭탄이 있는 선상을 지키는 해적들은 1일 3교대로 로테이션한다.

다음 교대 시간은 밤 10시니까 지금 이 시간대가 지키는 사람도 그렇고 교대자도 가장 방심을 하는 때이다.

두 사람은 그걸 노리고 있는 것이다.

두 사람이 UDT/SEAL에 근무하는 4년 2개월 동안 배우고 익혔던 것이 바로 이 순간 빛을 발하고 있었던 것이다.

이렇게 계획을 세운 두 사람은 각자 할 임무를 나눴다.

송태호는 선수 쪽에 있는 해적을 맡고 정기수는 선미 쪽에 있는 해적을 맡기로 사전에 합의를 본 상태였다.

송태호가 더 실력이 뛰어나서 더 먼 쪽을 맡은 것이 아니라 선수 쪽으로 가는 비상통로, 일명 개구멍이 엄청 좁아서 더 날렵한 몸매의 송태호가 맡게 된 것이었다.

제대한 지 10여 년이 지났지만 이들의 움직임은 현역 못지않게 민첩했다.

이제 해적을 제압하는데 1~2분, 폭탄을 해체하는데 3~4분 정도만 지나면 아무 부담감 없이 싸울 수가 있다.

그런데 이들의 이런 기대는 애초에 그릇된 것이었다.

송태호와 정기수가 막 해적들을 제압하고 폭탄을 해체하고 있을 때 안전 구역에 있던 선원들이 포박당한 채 모조리 끌려나오고 있는 것이 아닌가?

"제길, 이게 어떻게 된 거지?"

가만히 보니까 외국인 선원들의 손에 카빈 소총이 들려 있자 대충 돌아가는 눈치를 알 수 있었다.

폼을 보니 주동자는 베네수엘라 국적의 곤잘레스란 자였고, 나머지 외국인들 중 한 사람만 제외하고 두 사람은 이미 곤잘레스와 한배를 탄 것 같았다.

정기수의 구시렁거리는 소리를 귓등으로 흘리며 송태호는 X됐다는 생각부터 들었다.

그러고 불과 몇 초 사이에 오만 가지 생각이 뇌리를 스쳐 지나갔다.

이제는 꼼짝없이 죽었다는 생각이 들자 그 짧은 시간에 자신이 살아온 인생이 파노라마처럼 지나가는 것이었다.

자신이 살아온 인생 중에서 그나마 잘한 일이라고 느껴지는 것은 친구 정기수와 함께 UDT/SEAL 요원이 되었다는 것이었다.

처음 훈련소에 입소하고 12주간의 기초체력 훈련은 인간의 한계가 어떤 것인지 느끼게 만들었다.

맨몸 수영 3.6㎞ 이상, 오리발 수영 7.2㎞ 이상, 턱걸이 40개 이상, 구보 40㎞ 이상을 거뜬히 해내야 하는데 아마 친구와 함께 하지 않았더라면 버티지 못했을 것이다.

그리고 좀 적응이 되었다 싶으니까 이어지는 '지옥주'로 불리는 훈련. 그 지옥주의 기간에는 무려 138시간 동안 잠을 한숨도 자지 못한 채 고무보트 조정훈련, 갯벌훈련, 구보 등을 쉬지 않고 해야 했다.

어디 그것뿐이랴? 식사마저도 무게 85kg의 고무보트를 머리에 얹고 해야 했다.

이런 생각들이 뇌리를 스쳐 지나가자 송태호는 전의가 불타오름을 느꼈다.

사실 죽는 것이 두렵지는 않다는 것은 거짓말이겠지만 살짝 도니까 정말로 죽음이 두렵지 않게 느껴졌다.

'사나이로 태어나 침대에서 죽는 게 가장 두렵다고 누가 말했다던데 정말 그 말이 마음에 와 닿을 줄이야.'

이렇게 전의를 불태우고 있을 때 정기수가 송태호의 의향을 물어왔다.

"태호야, 이제 어떻게 하나?"

"C발, 어떻게 하긴 어떻게 하나? 죽기 아니면 까무러치기 아니겠냐?"

"짜식, 그러니까 진짜 사나이 같은데?"

"좋아. 이래 죽으나 저래 죽으나 마찬가지니까 진짜 사나이를 부르면서 뒈질 때까지 싸워보자. 자, 반동 생략하고 군가한다. 군가는 진짜 사나이. 시작."

사나이로 태어나서 할일도 많다만/ 너와 나 나라 지키

는 영광에 살았다.

전투와 전투 속에 맺어진 전우야/ 산봉우리에 해 뜨고 해가 질 적에

부모형제 나를 믿고 단잠을 이룬다./ 입으로만 큰소리 쳐 사나이라드냐.

너와 나 겨레 지키는 결심에 살았다./ 훈련과 훈련 속에 맺어진 전우야

국군용사의 자랑을 가슴에 안고/ 내 고향에 돌아갈 땐 농군의 용사다.

두 사람은 손으로는 폭탄을 해체하면서 군가를 목청껏 불렀다. 그것을 본 우리나라 선원들 역시 가슴속에서 전의가 불타오르는 듯 큰소리로 따라 부르기 시작했다.

이에 당황한 베네수엘라 선원, 곤잘레스가 개머리판으로 선원들을 후려쳤지만 선원들은 얻어맞고 쓰러지면서도 군가를 그치지 않았다.

탕.

곤잘레스는 안 되겠다 싶었는지 공중에 총을 한 발 발사했다.

총소리에 놀란 선원들은 군가 부르는 것을 즉시 멈췄

다. 뜻밖의 사태에 밤바다에 울려 퍼지던 군가가 멈춰지자 선상은 일시 쥐죽은 듯 조용해졌다.

곤잘레스는 열이 엄청 받았는지 최관진 선장의 머리에 카빈을 대며 송태호와 정기수에게 말했다.

"두 사람은 투항하라. 즉시 투항하지 않으면 총으로 선장을 쏴 죽이겠다."

그런데 노래는 그쳤지만 송태호와 정기수는 투항할 생각이 없는지 폭탄을 해체하는 손은 멈추지 않았다.

진압부대원들이 전멸당한 것이 유조 탱크에 설치되어 있는 폭탄 때문이라는 것을 보았던 까닭이었다.

송태호와 정기수가 무엇을 하고 있는지 깨달은 곤잘레스가 최후통첩을 했다.

"송태호, 정기수 만약 내가 열 번 셀 때까지 투항하지 않는다면 선장을 총살하겠다. 그리고도 투항을 하지 않으면 1분마다 한 사람씩 처형하겠다."

말을 마친 곤잘레스는 잠시 간격을 둔 후에 숫자를 세 나가기 시작했다.

"하나, 둘, 셋, …… 여덟, 아홉."

곤잘레스가 아홉까지 세고 막 열을 말하려는 순간 기적이 일어났다.

막 방아쇠를 당기려던 곤잘레스가 갑자기 나무토막이 된 것처럼 뻣뻣하게 굳어 버렸던 것이다.

선상에는 일순 숨이 막힐 것 같은 정적이 흘렀다.

그리고 그 정적을 깨뜨리는 우스꽝스런 외침.

"에효 힘들어. 여보쇼들, 언제까지 그렇게 장승처럼 서 있을 거요?"

강권이었다.

강권이 다이내믹호의 선상에 도착한 것은 송태호와 정기수가 행동을 개시하려고 할 때쯤이었다.

선상에 도착한 후에 처음으로 한 일은 선상에서 경계를 하고 있던 해적들에게 [홀드] 마법을 맛보여 준 후에 혈도를 짚은 일이었다.

그리고 선장실로 들어가 선장실에 있던 해적 두 명을 제압하고, 숙소에서 자고 있던 나머지 다섯 명의 해적까지 마저 제압을 했다.

그런 후에 송태호와 정기수의 행동을 흥미롭게 구경하고 있었던 것이다.

이런 지경이니 강권도 사실 곤잘레스와 두 명의 외국 선원들이 해적들과 내통하고 있는지는 전혀 눈치채지 못했던 일이었다.

그래서 곤잘레스를 제외하고 외국인 선원들을 암암리에 제압을 하고 송태호와 정기수가 어떻게 행동을 하나 지켜보고 있던 중이었다.

강권이 느닷없이 해적들을 둘러메고 나타나자 우리나라 선원들은 믿기지 않는다는 듯 여전히 어리둥절해하고 있었다.

"에이씨, 참 내. 기껏 구해주었더니 뭐하는 짓들이람. 언제까지 거기서 그렇게 있을 건데?"

강권이 재차 느물거리자 그제야 송태호와 정기수가 서둘러 묶여 있는 선원들의 포박을 풀어주기 시작했다.

포박이 풀린 선원들은 지금 자신들이 인질에서 해방이 되었다는 사실이 믿어지지 않는다는 듯 한동안 어리둥절해하다 자신들을 구해준 사람에게 고맙다는 인사를 하려고 했다.

"고맙습니다. 정말 고맙습니다. 앞으로 이 은혜는 평생 동안…… 어? Dr. Seer님. 아니십니까? 맞죠? 팬입니다. 사인 좀 부탁드리겠습니다."

"Dr. Seer님, 제 CD에도 사인 좀 부탁드리겠습니다."

"저도요."

"예에? 제가 Dr. Seer라는 것은 어떻게들 아십니까?"

"예. Dr. Seer님, 그것은 이 다이내믹호의 선원들은 누구나 할 것도 없이 전부 Dr. Seer님의 팬이기 때문입니다."

강권은 할 말이 없었다.

이건 한두 사람도 아니고 선원들 대부분이 그렇게 말하니까 강권은 부정하지 않고 자신이 Dr. Seer임을 쿨하게 인정하기로 했다.

알고 보니 다이내믹호의 선원들이 전부 Dr. Seer의 팬이 된 것은 조리장인 허경수 덕분이었다.

조리장 허경수가 영어를 배우려고 미국 방송을 많이 보는데 우연히 '제니 험프리 쇼'를 보다가 Dr. Seer가 출연한 것을 보게 되었다.

그때 Dr. Seer의 팬이 되고 난 후에 허경수는 Dr. Seer에 앨범을 샀고 그 앨범의 곡을 노상 듣고 다녔다.

허경수의 이상행동은 즉각 선원들에게 알려졌다. 1년에 10개월 이상을 바다에서, 그것도 다이내믹호의 선상에서만 보내는 선원들이고 보면 이상행동이 알려지는 것은 조금도 이상할 것이 없었다.

그렇게 Dr. Seer의 노래를 처음 듣고는 너 나 할 것 없이 Dr. Seer의 팬이 되어 버렸다.

이렇게 해서 선원들이 죄다 Dr. Seer의 팬이 되자 누군가의 건의로 선원들에게 나오는 복지비로 Dr. Seer에 관계되는 것은 죄다 사들이기로 합의를 보았다.

Dr. Seer의 앨범은 물론이고 Dr. Seer가 출연한 두 차례의 '제니 험프리 쇼'의 동영상 CD도 역시 구매해서 마구 틀었다.

이처럼 다이내믹호의 24시는 온통 Dr. Seer의 노래와 Dr. Seer가 나오는 동영상으로 채워지게 되었다.

말하자면 아침에 Dr. Seer의 노래를 들으며 눈을 뜨고 Dr. Seer의 노래를 들으면서 자니 강권이 Dr. Seer라는 것을 모른다면 오히려 그게 더 이상한 일일 것이다.

"아! 그렇군요. 이렇게 팬분들을 만나 뵈니 정말 반갑습니다."

그런데 선원들 중의 누군가의 입에서 "Dr. Seer님 지금 콘서트 투어 중 아니십니까?"라는 말이 나오자 강권은 딱히 반가워만은 할 수 없는 지경이 되어 버렸다.

그래서 이렇게 말할 수밖에 없었다.

"예. 맞습니다만. 제가 여기에 온 것은 극비입니다. 다들 그 정도는 아시죠?"

"하하, 그건 잘 모르겠는데요? 여기에 사인을 해주신다면 혹시 말씀하신 것을 알게 될 것 같기도 한데 어떠십니까?"

그렇게 말하면서 그가 내민 것은 앨범 CD 열 개에 지금까지 나온 동영상 CD 역시 열 개였다.

이것은 그만 그런 것이 아니고 선원들 대부분이 기본이 CD 스무 장이었다.

"같은 CD를 무엇 때문에 그렇게 많이들 사셨습니까?" 하고 묻자 지인들에게 선물도 하고 또 CD가 닳아지면 듣지 못할까봐 그랬단다.

'그럼 기본 CD 스무 장을 갖고 있는 사람은 선물하고 남은 것?'

팬도 이런 팬은 드물다는 생각이 들자 사인회를 해주지 않고는 마음이 불편할 정도가 되어 버렸다.

강권은 이렇게 인질들을 구출하러 왔다가 졸지에 사인회를 하게 되었다. 즉석에서 날목으로 앙코르곡까지 두 곡의 노래를 불러주는 센스까지 발휘해 주니 그렇잖아도 광팬인 선원들은 완전 넘어갔다.

사인회를 마치고 7명의 해적과 해적들의 첩자들인 곤 잘레스 등을 심문하려고 할 때 서원명 대통령에게 전화가 왔다.

강권은 나중에 받을까 하다 서원명 대통령이 총성 때 문에 걱정이 되어서 전화를 한 것 같아 그냥 전화를 받았 다.

─이봐, 강권이 방금 서애유성룡함의 함장이 다이내믹 호 선상에서 카빈 소총으로 추정되는 총성이 들렸다는 보 고를 해왔네. 도대체 어떻게 된 일인가?

"하하하, 어떻게 된 일은? 선원들은 약간의 부상자를 빼고는 전원 무사히 구출했네. 폭탄도 제거된 상태니까 안심하도록 하게."

─그럼 당장 서애유성룡함에 연락을 해서 다이내믹호 로 가라고 명령하겠네.

"이봐, 정암이, 그건 좀 참아주면 안 되겠나? 내가 해 적들한테 알아볼 것도 있고 해서 말이지."

서원명 대통령은 잠간 생각을 하더니 순순히 승낙을 했다.

─알겠네. 내 서애유성룡함에 그렇게 지시를 해 놓겠

네. 그럼 계속 수고 좀 해주게.

"잠깐, 그리고 해적들이 타고 온 최신예 공격형 헬기는 내가 알아볼 게 있어서 갖고 갈 테니 그렇게 알도록 하게."

—최신예 공격용 헬기라면 우리 국방에 도움이 될 건데……

"이봐, 정암이, 지금 농담하나? 보라매가 없다면 그깟 헬기 만 대가 있어도 미국이나 중국은 코웃음 칠 걸? 그런 생각이 들지 않나?"

강권의 으름장에 서원명 대통령은 금방 꼬리를 내리고 서애유성룡함에게 다이내믹호를 호위하는 정도로 그치라는 식으로 명령하겠다고 하고는 이내 전화를 끊어 버렸다.

강권은 서원명 대통령의 살짝 토라진 것 같은 이런 태도에 실소를 금치 못했다.

그렇지만 이내 이해가 될 것 같기도 했다.

'하긴 그럴 만도 하겠지. 명색이 일국의 대통령인데 내가 친구라고 해도 일개 국민에 불과한 나에게 그런 협박성 발언을 편한 마음으로 듣기는 쉬운 일은 아니겠지.'

강권은 일단 대통령에게 허락을 받았으니 거리낄 게

없었다. 그래서 기왕 내친김에 선장에게 안전 구역에서
이들 해적들을 심문하는 것까지 협조를 얻었다.

안전 구역 안에서는 밖을 볼 수 있지만 밖에선 안을 볼
수 없으니 안전 구역은 심문하는 장소로는 최적이었다.

강권은 해적들은 허수아비에 불과하고 곤잘레스를 주
동자로 한 세 명의 외국 선원들이 진짜배기들이라는 것을
직감적으로 알아차렸다. 그러니 소말리아 해적들은 심문
할 필요도 없이 곧장 외국 선원들부터 심문을 하기 시작
했다.

"대한민국 선적의 다이내믹호를 강탈하려던 이유는?"

"……."

"호! 묵비권을 행사하시겠다라? 그럼 잘해보셔?"

강권은 곤잘레스 오른팔로 보이는 자에게 한 번 물어
보고는 아무 대답을 하지 않자 곧장 분근착골(分筋搾骨)
을 시전했다.

중국 산업스파이에게 처음으로 분근착골을 시전할 때
와 지금과는 강권의 실력은 환골탈태라고 할 정도로 엄청
달라졌다.

그 엄청 달라진 실력은 분근착골에서도 그만큼 세련되
게 반영이 되어 있었다.

강권이 몸 몇 곳을 톡톡 건드리고 난 후에 녀석의 몸은 완전 춤을 추기 시작했다.

얼굴이 뒤틀려졌다가 돌아오고 갈비뼈가 튀어나왔다가 다시 들어갔다.

온몸의 구멍에서는 체액으로 추정이 되는 액체가 줄줄 흘러나오는 것은 옵션이었다.

아혈이 막혀 있으니 녀석은 아무 소리도 내지 않지만 보고 있는 사람들은 아무 소리도 내지 않고 극악의 고통을 표현하는 것을 보고 있자니 그것에 더 살이 떨렸다.

아무튼 그 모습을 보는 것만 해도 공포 그 자체였다.

녀석은 그대로 두고 다른 녀석에게 다가가 다짜고짜 통고하듯이 말했다.

"자네는 민주주의 투사이니까 평등을 좋아하겠지? 따라서 자네도 저 친구와 평등하게 저것을 경험해 보고 싶겠지? 그러면 그렇게 알고 더 묻지 않겠네."

강권이 아무것도 묻지 않고 다짜고짜 이렇게 말하자 그 녀석은 눈물과 콧물을 흘려가면서 기겁을 했다.

"제발 물어봐 주십시오. 무엇이든지 대답하겠습니다."

"그래? 그럼 이름?"

"예에?"

"거봐. 본능적으로 자네도 저걸 경험해 보고 싶어서 대답을 하지 않고 있잖아. 역시 자네는 훌륭한 민주주의 투사야."

이 말을 하고는 녀석에게도 분근착골을 경험시켜 주었다.

보통 사람들은 보는 것만으로도 학을 뗄 텐데 곤잘레스는 어떻게 되어 먹은 녀석인지 전혀 두려워하는 표정이 아니었다.

그도 그럴 것이 곤잘레스에게는 통각 자체가 아예 없었기 때문이었다. 당연히 그것을 알 리가 없는 강권은 자신의 작품을 감상할 줄 모르는 곤잘레스에게 기분이 살짝 나빠졌다.

그래서 강권은 녀석에게는 좀 더 강한 것으로 선물해야겠다고 마음먹었다.

"네 녀석은 곤잘레스라고 했지? 일단 맛보기부터 맛보기로 하지."

두 녀석보다 고통이 한두 단계쯤 위의 것으로 분근착골을 시전했지만 녀석의 눈에는 고통스러워하는 기미가 전혀 느껴지지 않았다.

'뭐 이런 녀석이 다 있지?'

곤잘레스의 너무도 태연한 눈빛에 강권이 오히려 기가 질려 버릴 정도였다.

사실 강권도 이 정도의 분근착골이라면 견뎌낼 자신이 없다고 할 수 있을 정도이니 어쩌면 당연할지도 몰랐다.

강권은 곤잘레스의 초인적인 인내력에 정말이지 탄복할 뻔했다.

그런데 강권의 모처럼 한번 해보는 감탄에 초를 치는 존재가 있었다.

바로 '달' 이었다.

—주인아, 지금 병신 데리고 뭐하냐? 잡으려면 그냥 잡겠다고 말하고 잡던지?

"뭐 병신아?"

—흐흐흐, 주인아, 곤잘레스 걔 말이야, 통증을 느끼지 못하는 병신이야. 바보 같은 주인 니는 그것도 몰랐지? 어! 어! 주인아, 쟤 숨넘어간다. 그만 풀어줘라.

강권이 '달' 의 호들갑에 곤잘레스를 봤더니 정말 곧 숨이 넘어가려는 찰나였다.

곤잘레스가 고통을 느끼는 통각이 없어 눈빛은 아무렇지도 않았지만 분근착골로 인해서 무리가 가자 몸이 버티지 못했던 것이다.

아마 '달'이 아니었다면 곤잘레스는 아무 고통도 없이 저 세상으로 갔을 것이다.

강권은 이 곤잘레스란 녀석이 몸통이란 것을 느꼈기에 5클래스의 마법인 [그레이트 힐]을 펼치는 수고까지 해야 했다.

'이 녀석을 어떻게 하지?'

이런 강권의 생각을 읽기라도 한 듯 '달'이 또 참견을 해왔다.

―주인아, 그 녀석을 어떻게 할까 고민되지?

"그래. 어떻게 해야 녀석의 입에서 묻지 않아도 술술 발설하게 만들어야 직성이 풀리겠는데 말이야."

―키득키득, 에이, 주인아, 머리 좀 써라. 머리를. 녀석의 문제가 뭐야? 통각이 없어서 고통을 느끼지 못한다는 것 아냐? 그럼 그걸 고쳐 주고 고문을 하던 심문을 하던 하면 될 거 아냐?

"아하! 그런 방법이 있었구나. 하하하, 정말이지 병을 고쳐 주면서까지 고문하려는 사람은 아마 내가 처음일 거다. '달'아, 그치?"

8*클래스 마스터여서 그런지 엄청 잔대가리가 잘 돌아가는 '달'이었다.

아마 이런 추세라면 머잖아 마의 9클래스에 진입하게 될지도 모르겠다는 생각이 들자 강권은 불현듯 '달'이 사랑스러워지는 것이었다.

이에 반해서 '해'는 아직 8클래스 유저에 불과했다. 강권이 7서클 마스터에 근접을 하고 있으니 아마 조만간 따라잡힐지도 모를 일이었다.

결론적으로 곤잘레스는 강권이 데려가고 나머지 두 녀석에게 실토를 받기로 했다.

나머지 두 녀석 과르디올라와 호이베르트는 강권의 예상대로 꼬리 쪽에 가까웠다.

곤잘레스가 6개월 전에 다이내믹호에 선원으로 들어온 후에 포섭을 했다는 말이었다. 그래서 그런지 그들 두 녀석은 많은 것을 알지는 못했지만 CIA와 인종차별주의자들인 KKK단 그리고 세계기업연합(WUC)의 미국 쪽 CEO들이 모두 연관이 있다는 것을 대충 확인할 수 있었다.

여기서 대충이라는 말은 확증이 없는 '카더라' 방송과 유사한 것이었다.

세 집단의 교집합을 알려면 천생 곤잘레스를 치료해서 알아내는 방법밖에는 없었다. 아니면 섭혼대법이라는 극

단적인 방법을 써야 할지도 모를 일이었다.

❖　❖　❖

강권이 과르디올라와 호이베르트에게 대충 자백을 받은 다음에 안전 구역에서 나왔을 때 선수(船首) 쪽에서 먼동이 떠오르려고 하고 있었다.

5월 10일 전후의 일출 시간이 대충 5시 40분쯤이니 강권이 안전 구역에 들어간 후부터 7시간가량 경과되었다는 것을 나타내 주고 있었다.

어젯밤에 세 녀석들과 노닥거리면서 엄청 피곤했지만 밝은 해를 가슴에 안고 가고 있다는 생각이 들어 강권의 마음은 왠지 유쾌해졌다.

'하하하, 일출을 보면서 항해를 하니까 마치 태양을 가슴에 품은 것 같은 걸? 어쩐지 앞으로 일이 아주 잘 풀릴 것 같다는 느낌이 들어.'

모든 것은 마음먹기에 달렸다고 해가 동쪽에서 뜨고 다이내믹호는 우리나라가 있는 동쪽으로 가고 있으니 태양을 안고 가는 것은 아주 당연한 일임에도 유쾌하게 생각하려니 유쾌해졌던 것이다.

바람을 쐬려고 갑판으로 나가니까 다이내믹호의 항해사가 다이내믹호 옆에 매어놓은 호버크래프트로 가서 낚시를 하고 있었다. 원래 유조선은 엄청 크고 높지만 유조탱크가 가득차면 갑판이 해면과 비슷할 정도로 낮아지기에 가능한 일이었다.

"조우현 항해사님, 많이 잡으셨습니까?"

조우현은 무려 Dr. Seer씩이나 되는 사람이 자신의 이름과 직위까지 기억해 주자 감격에 찬 음성으로 대답해 주었다.

"오! Dr. Seer님, 어젯밤에 엄청 수고하셨지요? 그나저나 Dr. Seer께서는 해산물을 좋아하시나 모르겠습니다. 우리 다이내믹호에 오셨으니 맛있는 걸 대접해 드려야 하는데 마땅한 게 없어 낚시를 하고 있습니다."

"이런 곳에서 물고기가 잡힙니까? 이렇게 큰 유조선이 지나가면 소음 때문에 물고기들이 가까이 오지 않을 것 같은데 말입니다."

"오! Dr. Seer님, 낚시에 대해서는 잘 모르시는군요. 간단히 말씀드리자면 딱히 그렇지는 않다는 것입니다. 그러니까 우리 배처럼 커다란 배가 지나가면 용존산소량이 크게 증가한다는 이점도 있습니다. 그래서 어떤 물고기들은 큰 배를 따라다니는 것도 있답니다. 또한 그 물고기들을 먹고 사는 대형 물고기들도 꼬이고요. 그런데 제가 드린 말씀은 확실한 증거가 없다는 것만 알아두십시오."

조우현의 횡설수설은 사람의 마음을 그럴듯하게 홀려놓는다.

일부 돌고래 무리를 제외하고는 인간들의 배를 따라다니는 물고기들은 크게 알려져 있지 않다.

조우현이 낚시를 하고 있는 것은 음파탐지기로 다랑어 무리로 보이는 어군을 발견했기 때문이었다.

인도양에서 잡히는 다랑어는 보통 황다랑어나 눈다랑어가 많은데 그렇다고 최고급 어종인 블루 핀 투나(Blue fin tuna)가 없는 것은 아니었다.

일단 다랑어는 어떤 종류의 다랑어이건 간에 회감으로는 최고이기 때문에 강권을 위해서 낚시를 하고 있는 것이었다.

과연 조우현의 예측이 들어맞았는지 참치 중에서도 최고급 어종인 블루 핀 투나가 마구 잡혀오고 있었다.

크기는 3m가 넘는데다 무게도 무려 400~500kg나 되는 대형이었다.

이 정도의 크기 블루 핀 투나면 수십만 달러를 호가할 것이다.

조우현은 그게 자신의 실력인 줄 알겠지만 미안하게도 조우현의 장비로는 1m 이상의 물고기는 잡지 못하는 것이 정상이었다.

낚싯줄과 낚싯대가 다랑어의 힘과 무게를 견디지 못하기 때문이었다.

강권이 암중에 낚싯줄에는 [테네이셔스(질긴)] 마법과 낚싯대에는 [스트롱] 마법으로 강화시켜 주지 않았더라면 낚싯대가 대번에 터져 버렸을 것이고 또 당겨주지 않았더라면 저런 대형 참치를 끌어올리는데 하루 종일이 걸렸을 것이다.

한 세 마리 정도 잡게 해주자 강권은 자기도 슬슬 욕심이 났다.

'그러고 보니 잡아 놓은 참치도 얼추 떨어진 것 같군. 아이들에게 참치를 제대로 공급해 주려면 이번 기회에 참치나 왕창 충전시켜 놓아야 되겠군.'

참치를 잡는 것 정도야 굳이 강권이 가지 않아도 되었다. '달'에게 참치를 잡으라고 시켜 놓으면 아공간이 꽉꽉 차도록 왕창 잡아놓을 것이다.

일단 이런 생각을 하자 조우현에게 그만 잡자고 말했다.

"예. Dr. Seer님, 이 정도면 우리 식구들은 물론이고 우리 다이내믹호를 따라오느라고 수고를 하는 서애유성룡함의 군인들도 충분히 초식할 수 있겠군요."

"조우현 항해사님, 서애유성룡함에도 주시게요?"

"예. Dr. Seer님, 우리를 위해서 이 먼 곳에까지 와서 수고를 하셨으니 당연히 보답을 해드려야죠?"

그런데 서애유성룡함에 참치를 전달하는 것도 일이었다.

한 마리에 수십만 달러를 호가한다는 블루 핀 투나의 유혹에도 불구하고 서애유성룡함은 다이내믹호와 일정한 거리만을 두고 따를 뿐 도무지 다가오려 하지를 않았기 때문이다.

'허허, 정암이가 어떻게 말했기에 저렇게 막무가내로 버티는 걸까?'

결국 서애유성룡함과 몇 차례 교신 끝에 항해사와 기관사가 호버크래프트로 참치를 배달하고서야 참치 전달식을 마칠 수 있었다.

배의 덩치로는 다이내믹호가 몇 배는 크지만 서애유성룡함에 타고 있는 승선원이 300여 명이다 보니 서애유성룡함에 두 마리의 참치를 배분했다.

그날 다이내믹호와 서애유성룡함에 타고 있는 승선원들은 귀한 참치로 회를 만끽할 수 있었다.

*클래스와 서클의 개념.

클래스와 서클을 혼용하거나 잘못 알고 있는 경우가 있는데 필자가 보기에는 이렇습니다. 클래스는 같은 수준의 마법들을 분류하는 개념이고, 서클은 어떤 클래스의 마법을 펼칠 수 있는 능력을 가리키는 개념이다.

이 개념들은 어원적으로 접근해서 이해한 것입니다.

예를 들어 클래스하면 보통 학교에서 반을 의미하듯이 끼리끼리 나누는 개념이라는 것이지요. 반면에 서클은 원을 의미하는 것이니까 마법사의 가슴에 마나 서클의 개수를 상징한다는 것이지요. 이렇게 이해한다면 크게 무리가 없을 듯싶네요.

제7장
뜻밖의 이삭 줍기

말이 1박 2일이지 강권의 외출 시간은 만 18시간도 채 되지 못했다.

처음 유조선을 진압하려고 갈 때만 해도 해적들을 진압하는데 최소한 2~3일은 걸릴 줄 알았다.

송태호와 정기수가 설쳐서 곤잘레스가 나서지 않았더라면 곤잘레스와 그의 부하로 포섭된 과르디올라와 호이베르트로 인해서 제대로 곤욕을 치렀을지도 모른다.

그리고 보면 송태호와 정기수가 이번 사태 해결의 일등공신인 셈이었다.

감히 자신이 만든 분근착골을 무력화시킨(?) 곤잘레스

에게 필이 꽂혀 있는 강권은 아무도 모르게 백룡에 도착했다.

곤잘레스의 몸을 고쳐서 통증을 느끼게 만든 다음에 분근착골 수법을 펼쳐도 그렇게 태연할 수 있겠냐는 일종의 오기의 발로에서였다.

그런데 그런 곤잘레스의 몸에 눈독을 들이고 있는 존재가 또 있었다.

'달' 이었다.

—주인아, 이 녀석의 몸을 싹 뜯어보면 안 될까? 이 녀석의 통각을 살리기 위해서는 아무래도 신경줄기 쪽을 자세히 살펴봐야 할 것 같아서 말이야.

시키지도 않았는데 '달' 이 스스로 곤잘레스의 몸을 해부하고 싶어 안달하는 것 같아 강권은 묘하게 신경이 쓰였다.

'에엥, '달' , 이 자식 이거 요즘 들어서 왜 이러는 것인데?'

강권은 요즘 들어 '달' 의 태도가 뭔가 이상해지고 있는 것은 같은데 뭐라 꼭 집어서 말할 수 없다는 것에 답답함을 느끼고 있는 중이었다.

'해' 는 그렇지 않는데 '달' , 이 녀석은 홀로그램으로 자신의 모습을 형상화시키거나, 심지어 움직이는 로봇을 치장시키면서 대리만족을 느끼려는 것 같았다.

그런데 이제는 인간의 신경망까지 흥미 있어 한다는 것은 혼자서 뭔가 꾸미고 있을지도 모른다는 것을 암시하는 것처럼 느껴졌던 것이다.

'에효, 요즘 내가 쟤를 너무 풀어주었나?'

강권은 '해'와 '달'에게 시킬 일이 없으면 그들이 무슨 일을 하든지 되도록 참견을 하지 않는 주의였다.

물론 자기와 자기 친인들을 해롭게 하지 않고, 자기가 시킨 일이 최우선이라는 전제 아래 말이다.

강권이 이렇게 한 것은 '해'와 '달'이 에고를 갖고 있어서 마법을 펼칠 수 있는 것은 별개로 하고 마법을 익힐 수 있는 존재였기 때문이다.

그것은 '해'와 '달'이 마법을 익히면 강권 자신에게는 떡고물 정도가 아니라 떡 자체가 떨어지는 엄청 유용한 사태가 발생된다는 이유에서다.

'이거 녀석에게 캐물어야 하나? 그럼 너무 쫀쫀하게 보이지 않으려나?'

강권이 '달'에게 그 이유를 묻는다면 '달'은 그 물음에 반드시 대답해 줄 것이다.

그렇지만 좀 낯부끄러운 질문이어서 강권은 고심 끝에 '달'에게 자기가 궁금한 점을 꼬치꼬치 캐묻기로 했다.

한 번의 쪽팔림으로 엄청 이득을 챙길 수도 있으리라는 기대에서다.

그런데 '달'의 대답은 강권이 전혀 생각지 못한 것이었다.

─주인아, 주인도 알다시피 마법에서 7클래스는 거리, 8클래스는 공간, 9클래스는 생명에 대한 거잖아. 물론 6클래스까지는 마법 축에도 끼지 못하는 마법이고 말이야.

'뭐야? 6서클 마법사는 같잖다는 거야 뭐야?'

강권은 '달'의 말에 황당해져서 자연히 말투가 퉁명스러워졌다.

"그래서?"

─8클래스 마법을 마스터하고 9클래스의 화두를 잡았는데 그게 생명이었어. 그래서 생각한 것이 로봇을 포함한 안드로이드와 호문클루스였어.

"뭐어? 호문클루스?"

강권이 깜짝 놀라자 '달'은 툴툴거리며 말했다.

the 리더

―주인아, 아직 내 말이 끝나지 않았잖아. 지금부터 내 말이 끝날 때까지 내 말을 끊지 말아줘. 흐름이 끊기면 내 의사를 제대로 전달하지 못하니까 말이야. 부탁할게.

'달'은 강권에게 이렇게 경고성(?) 멘트를 날리고 강권의 반응은 안중에도 없다는 듯 말을 이어갔다.

―로봇을 포함한 안드로이드는 마법을 익히거나 펼칠 수 없어서 나와는 상성이 맞지 않는 것 같아. 굳이 마법을 펼치려면 아티펙트를 사용하면 못할 것도 없지만 그건 진정한 마법사가 하는 일이라고 할 수 없어. 그런데 확실하지는 않지만 호문클루스는 마법을 사용할 수도 있을 것 같거든. ……중략……. 그래서 내가 인간의 신경망에 관심을 갖는 이유야.

"그렇다면 니 말인즉, 호문클루스를 만들어서 '달'네가 호문클루스의 몸을 차지하면 마법을 펼칠 수도 있다는 거네?"

―적어도 이론적으로는 그래. 그렇지만 위대한 존재이신 드래곤처럼 언령 마법을 사용할 수 없기 때문에 마법을 펼치려면 천생 인간처럼 마나 로드를 만들어야 하거든. 그게 바로 내가 인간의 신경망에 관심을 갖는 이유야.

"그럼 '달' 네가 9클래스 마법이라도 펼칠 수 있게 된다는 거야, 뭐야?"

―이론상으로는 마나량만 충분하다면 9클래스 마법도 펼칠 수 있어. 그렇지만 현실적으로는 그게 불가능할 것 같아.

"그 이유가 뭐야?"

강권의 물음에 '달'은 경악스럽다는 듯 호들갑스럽게 말했다.

―주인아, 정말로 몰라서 묻는 거야? 아니면 나를 떠보려고 묻는 거야? 이런, 이런, 정말 모른다는 거네. 주인아, 어떻게 서클을 7개씩이나 만들고도·그걸 모른다는 거야? 주인이 7서클 마스터인 게 맞기는 맞는 거야?

"……."

―에효, 순 날림에 얼치기 마법사 같으니라고. 주인아, 잘 들어둬. 이스란 마법학파에서 밝혀낸 것인데 클래스가 하나 올라갈 때마다 4배의 마나량이 필요하다고 그래. 그건 1클래스 라이트 마법을 기준으로 마나량을 따질 때 2클래스 마법은 라이트 마법의 4배의 마나량이 소요되고, 3클래스 마법은 16배, 이런 식으로 한 클래스가 올

라갈 때마다 4승의 마나량이 소요가 된다고 해. 그러니까 9클래스 마법을 펼치려면 라이트 마법의 최소 4의 8승, 즉 65,536배의 마나량이 필요하다는 거야. 따라서 마나가 희박한 지구에서는 9클래스 마법을 펼치는 것은 거의 불가능하다는 거지.

강권과 '달'의 대화는 그 뒤로도 한 시간가량이나 계속 이어졌다.

이것은 마법의 지식 기반이 약한 강권에게는 엄청 유익한 것이었다.

막대한 내공으로 7개의 서클을 만들었지만 마법적 지식 기반이 약해 7클래스 마법을 펼치려면 한참 헤매던 것이 어느 정도 보완되어 마법의 시전 시간이 대폭 줄일 수 있었기 때문이다.

이 대화(대화라 쓰고 '달'의 가르침이라 읽는다.)는 가르치면서 배운다는 이치가 작용하여 '달'에게도 나름 유익한 것이었다.

그 결과 '달'에게 호문클루스를 이해하게 만들어주었고, '호문로이드'라는 새로운 형태의 바이오 생명체를 만드는 기반으로 작용했다.

사실 이번 작전은 곤잘레스가 자원한 것이었다. 그다지 위험하지 않으면서도 작전에 참가한다는 것만으로도 조건이 너무 좋았기 때문이다.

작전에 소요되는 모든 비용은 CIA에서 대고 취할 수 있는 모든 이익은 자신에게 귀속된다는 조건은 얼마나 황홀한 것이던가?

게다가 이번 작전을 끝으로 CIA의 비밀 요원에서 은퇴할 수 있는 요건을 모두 충족했다는 것은 곤잘레스를 더욱 황홀하게 만들었다.

이번 작전을 성공시키고 1억 달러의 은퇴 자금으로 인생을 즐기며 살 수 있게 된다는 것은 생각만으로도 곤잘레스를 흥분시키는 것이었다.

송태호와 정기수가 폭탄을 제거하러 나갈 때만 해도 곤잘레스는 이번 작전이 완전 성공했다고 믿었다. 그런데 도저히 나타날 수 없는 자가 나타나서 망쳐 놓을 줄이야.

정말이지 그런 결과가 야기될 줄은 꿈에도 생각하지 못했다.

그리고 그자에게 고문을 받을 때 만해도 내심 코웃음을 쳤었다.

어떤 고문에도 까딱없는 모습을 보이면 상대는 제풀에 기가 질려 버리기 때문이었다.

이번에도 그렇게 적당히 넘어갈 것으로 믿었는데 지금 곤잘레스는 죽을 맛이었다.

'이건 악몽이야. Dr. Seer라고 칭송을 받는 인간이 이렇게 변태짓거리를 한다는 것을 안다면 세상 사람들은 어떤 반응을 보일까?'

사실 자신을 발가벗겨 코트(Cot:간이 침대)에 눕힐 때만 해도 그게 심문의 한 방법이라고만 생각했다.

또 이때까지만 해도 곤잘레스는 자신이 알고 있는 비밀에 대해 입도 뻥긋하지 않을 자신이 있었다.

CIA에 특채가 되어 인간이 상상할 수 없을 정도의 극악한 훈련을 모두 통과했기 때문이다.

그런데 고문을 하는 대신에 발가벗겨 눕혀놓고 가느다란 침으로 전신을 콕콕 찌르면서 전류를 흘려보곤 하더니 마침내 자신의 감각을 조금씩 살려 나가는 것이 아닌가.

곤잘레스로 하여금 더욱 미치게 만드는 것은 혼자서

뭐라고 중얼거리는 것이었다.

"이 자식 이거 완전 병신인 모양인데? 다른 감각은 좀 살아날 기미가 보이는데 통각은 전혀 살아날 기미가 보이지 않아. '달' 아, 니가 마법으로 어떻게 안 되겠냐?"

—주인아, 그것은 내가 9클래스를 마스터가 되거나 아니면 드래곤이 되거나 해야 될 거야. 없던 것을 새로 창조하는 것은 9클래스 마스터나 할 수 있는 일이거든.

"쩝, 이 자식에게 분근착골의 진수를 보이고 싶었는데 어쩔 수 없지. 하지만 통증을 느끼지 못하는 놈에게는 또 다른 방법이 있는 법이거든."

—푸훗, 주인아, 그거 혹시 간지럼 공격 아니야? 언젠가 다큐 TV에서 중세의 고문 기술들을 본 적이 있는데 염소에게 발가락이며 손가락을 핥게 만들었다며?

"하하하, 맞아. 바로 그거야. 아픔은 느끼지 못한다 하더라도 간지럼은 느끼니까 볼만 할 거야."

그러고 시작된 간지럼 고문은 곤잘레스의 정신을 파탄시켜 가기 시작했다.

'흐흐흐, 야! 이 미친놈아! 흐흐흐, 인간이 어떻게 흐흐흐, 인간을 생체 실험 흐흐흐, 할 수 있단 흐흐흐, 말

이야? 니가 흐흐흐, 그러고도 인간이냐? 흐흐흐…….'

곤잘레스는 이렇게 악을 바락바락 써댔지만 그것은 그의 생각일 뿐이고, 어떤 수를 썼는지는 모르지만 입 밖으로 한마디도 새어 나오지 않는 것이었다.

곤잘레스로 하여금 공황 상태로 몰아가는 것은 간지럼 공격에 탈진이 되었는데 이 미친놈이 뭐라고 중얼거리면 자신의 정신이 또렷해진다는 것이었다.

그런 고문을 반나절이나 당했을까 곤잘레스는 이 미친놈이 무엇을 묻던 성실하게 답변을 할 자세가 되어 있었다.

"이제 물으면 대답을 하려나?"

'제발 물어봐 줘. 무엇을 묻든 죄다 말해줄게.'

곤잘레스가 이렇게 애원을 했지만 이 미친놈의 입에서 나오는 말은 곤잘레스를 완전 절망으로 빠뜨리는 것이었다.

"아니야? '달' 아, 조금 더 간지럼 먹여보자고?"

'아! 안 돼. 제발 물어봐 줘. 달이든 해든 제발 무엇이든지 물어보라고.'

이런 곤잘레스의 애원이 통했는지 이 또라이는 묻기 시작했다.

그런데 경악스러운 것은 곤잘레스에게 옷을 제대로 입히고 디지털 카메라로 영상을 찍으면서 묻는다는 점이었다. 그런데 곤잘레스는 그런 걸 생각할 겨를도 없이 행여 또다시 간지럼을 태울까봐 묻지 않는 말에도 시시콜콜 말하기 시작했다.

멕시칸인 곤잘레스는 통증을 전혀 느끼지 못하는 특이체질 덕분에 23살이란 어린 나이에 갱 조직의 중간 보스가 되었다.

다른 사람들이라면 제 풀에 놀라 기절할 정도의 중상을 입고도 보는 사람들이 혀를 내두를 정도로 설쳐 대는 것으로 모두에게 인정을 받았기 때문이다.

그런 그가 CIA에 특채가 된 것은 2004년 FBI에 마약 사범으로 체포되었다가 그의 특이체질이 알려지고 나서였다.

CIA에서는 통증을 전혀 느끼지 못한다는 것이 일종의 버서커와 같은 역할을 수행할 수 있다는 걸 알고 있었기 때문일 것이다.

그렇게 CIA와 비밀 계약을 맺고 LA교도소에서 모처로 옮겨진 곤잘레스는 1년간의 훈련을 받은 후 CIA의 비공식적인 비밀 요원이 되었다.

곤잘레스와 같은 CIA의 비밀 요원은 1,000명이 넘었는데 그들의 임무는 합법적으로 처벌하기 어려운 자들을 암살하는 것이었다.

007처럼 살인 면허가 주어진 비밀 첩보 요원이라고나 할까?

아무튼 곤잘레스는 2005년부터 미국에 위해가 되는 존재들을 제거하는 이레이저 역할을 수행했다.

겉으로 보기는 연봉 10만 달러의 평범한 샐러리맨이었지만 실제로는 별 다른 임무가 없으면 격투기, 사격술은 물론이고 외국어와 교양 강좌까지 첩보 활동에 필요한 다양한 훈련을 받는 특별한 생활을 했다.

2005년부터 2011년까지 곤잘레스는 40여 건이 넘는 임무를 성공적으로 수행했다.

보통 요원들이 1년에 2~3 건의 임무를 수행하는 것에 비하면 거의 배 이상의 임무를 수행한 셈이었다.

CIA에서 SOUTH KOREA를 타켓트로 삼고 비밀 요원들을 대대적으로 선발한 것은 작년 10월 이후라고 했다. 또한 이 비밀 요원들은 철저하게 점조직 형태로 각기 자기 임무만을 수행하고 있어서 다른 비밀 요원들은 알지 못한다고 했다.

곤잘레스가 Dtx 조선해양에 입사해서 다이내믹호에 승선하게 된 것도 그 무렵이었다.

CIA에서 비밀 지령이 내려오기 전까지는 주어진 일에 충실하면서 인맥을 쌓는 것이 임무였고, 일이었다.

"너와 같은 자가 무려 1,000명이나 있다고?"

"예. 그렇다고 들었습니다."

"너와 같은 자를 만난 적이 있는가?"

"딱 한 번 만나서 합동작전을 펼친 적이 있었는데 그 자는 분데스리가에서 프로축구 선수로 활동을 하고 있었습니다."

"뭐야? 그것이 말이 돼? 프로축구 선수로 활동을 한다면 어떻게 비밀 임무를 수행할 수 있어?"

"그게 바로 허허실실 전법이라는 것입니다. 비밀 임무가 주어지면 그냥 부상을 당한 척하면 됩니다. 피부 속에 특수 약물을 주입하면 엑스레이 상으로는 완전 뼈가 부러진 것으로 나오니 다들 속아 넘어갑니다. 뼈가 부러져서 의심도 받지 않으니 임무를 수행하기가 더욱 용이해지는 것은 물론이고요. 그러다 다른 임무가 주어지면 그렇게 해서 선수 생명을 끝내 버리고 새로운 신분으로 세탁하면

감쪽같습니다."

정말 기발한 방법이 아닐 수 없었다.

누가 버젓이 프로 선수로 활동하고 있는 자를 암살자로 볼 것이며, 다리 부러진 자가 암살하러 왔을 줄은 누가 예상이나 할 수 있겠는가?

강권은 민주주의의 전범이라고 일컬어지는 미국에서 그렇게 악랄한 방법을 쓴다는 것에 놀라움을 금치 못했다.

곤잘레스에게 더 이상의 정보를 기대할 수 없다는 확신이 서자 강권은 더 이상 캐묻지 않았다.

"필요한 정보는 대충 얻은 것 같고, 정암이에게 알려서 국가적인 차원에서 대책을 세워야겠지?"

역사상 한 명의 스파이가 전세를 뒤집는 케이스는 여러 차례 있었다.

그런데 이건 하나, 둘이 아니라 수십, 수백 명이 될지 모르니 단단히 대비하지 않으면 온 나라가 혼란의 도가니에 빠지게 되는 것은 불을 보듯 빤한 일이었다.

위기감을 느낀 강권은 즉시 서원명 대통령과 영상 통화를 시도했다.

"정암이, 이번 다이내믹호의 피랍은 미국 CIA가 배후 세력인 것 같으이."

─뭐시라? 그 말이 정말인가?

"정말로 사실이네. 그 증거를 보여주도록 하지."

강권이 곤잘레스를 심문하면서 촬영한 영상을 보여주자 서원명 대통령의 표정이 대번에 어두워졌다.

절대 맹방이라고 믿었던 미국이 저런 악랄한 수법을 쓸 줄을 어떻게 상상이나 할 수 있겠는가.

한참 골똘히 무언가를 생각하던 서원명 대통령이 한숨을 쉬며 말했다.

─이봐, 강권이, 미국에 저 영상을 들이밀어도 미국은 당연히 부인하겠지? 곤잘레스의 흔적은 완전 지워져 있을 테고.

"그거야 두말하면 자네 입만 아플 노릇이지. 우선 멕시칸이라는 곤잘레스의 국적부터가 반미국가에 속하는 베네수엘라가 아닌가?"

─강권이, 그러니 이 노릇을 어떻게 하면 좋겠는가? 어디 자네 생각이나 들어보세.

"일단 CIA에서 작년 10월 이후부터 작전에 들어갔다고 하니 작년 10월 이후에 우리나라에 입국했거나, 우리나라 기업과 접촉을 하는 자들의 신원 조회를 해야 한다고 보네. 그런데 곤잘레스가 한 말처럼 허허실실의 전법을 쓸 수도 있다는 것을 가정하고 지금까지의 방법보다는 좀 더 꼼꼼한 방법을 써야 할 것이네. 일단 먼저 스파이들을 색출하고 그들의 동태를 면밀히 감시해야 할 것이네. 동태를 감시하는 것도 민관군의 유기적인 협조 체제를 구축해서 입체적인 감시 체계를 세워야 할 게야."

—흐음, 아무래도 그렇겠지? 그나저나 CIA와 세계기업연합(WUC), KKK단이 손잡았다는 스토리를 보아하니 미국에서 자네를 암살하려 들지도 모르겠군. 자네 미국에서의 투어를 포기하면 안 되겠나?

서원명 대통령은 강권의 안위가 정말로 걱정이 된다는 듯 떨리는 음성으로 비장하게 이런 제안을 했다. 그렇지만 강권의 생각은 조금 달랐다.

자신의 무진신공의 무위(武威)면 어지간한 총에 맞아도 죽지 않을 것이고, 그게 아니라 하더라도 '해'에는 [앱솔루트 배리어]가 인챈트되어 있고, '달'에는 유사시 드래곤 칼리크의 레어로 강제 텔레포트 기능이 인챈트되어 있다.

따라서 설령 핵폭탄이 터지더라도 자신이 죽을 염려가

없으니 상대가 어떻게 하는지 지켜보는 것도 흥미로울 것 같았기 때문이다.

다만 자신의 부인인 경옥이의 안위가 조금 걱정이 되었다.

그런데 곰곰이 생각해 보니 자기는 '달'을 끼고, 경옥이에게는 '해'를 착용시키면 두 가지 모두 해결이 될 것 같았다.

생각이 여기에 미치자 강권은 웃으며 말했다.

"하하하, 나에 대해서는 조금도 걱정할 필요가 없네. 내가 마음만 먹는다면 핵폭탄이 터져도 나는 죽지 않을 것이네. 아니, 당장 지구가 멸망을 한다고 해도 나는 살아남을 자신이 있네. 나에 대해서는 그 정도만 알고 있게."

—……???

강권이 이렇게 자신만만하게 말하자 서원명 대통령도 더 이상은 말하지 않았다.

서원명 대통령의 머쓱한 모습을 보고 강권은 웃으며 말을 이었다.

"정암이, 곤잘레스를 심문하면서 녹화한 영상을 송출해 줄 테니 국가비상회의에 쓰도록 하게."

"알겠네. 잘 쓰도록 하겠네."

"정암이, 혹시 말일세. 나에게 무슨 일이 생겨 내가 갑자기 사라지는 경우가 생긴다면 집사람에게 대책을 말해놓을 테니까 전혀 당황하지 말도록 하게. 이것은 그렇다는 게 아니라 혹시나 하는 노파심에서 하는 말이니 그렇게만 알고 있게."

—……???

"지금부터 하는 말은 어디까지나 내 생각일 뿐이니 너무 맹신하지는 말고 국정 운영에 참고 하도록 하게."

강권은 잠시 자기 생각을 정리한 후에 진중한 목소리로 자기 생각을 말하기 시작했다.

"역사상 가장 강하고 오래 존속할 나라가 어느 나라인지 아는가?"

—……???

"역사상 명멸했던 제국들을 살펴보면 누구나 인정할 사실은 다음과 같은 것일 걸세. 우선 가장 영토가 큰 나라는 몽고제국이네. 그리고 모든 길은 로마로 통한다는 말을 남긴 로마제국은 서양에 크게 영향을 미쳤다네. 그 외에도 해가 지지 않는 나라라는 대영제국이 엄청 인상적인 나라겠지. 또한 지금의 미국이 역사상 가장 강한 힘을 소유한 나라가 되겠지. 이 말들은 크게 이의가 없을 것이네. 하지만 지금 나열한 그 어떤 나라도 역사상 가장 강하고 오래 존속할 나라라고는 말할 수 없네. 그런데 자네에게 단언하고 싶은 게 있네. 앞으로 백 년 이내에 우리나라가 방금 열거했던 모든 나라들의 칭호들을 갈아치울 나라로 우뚝 솟을 것이란 거네. 우리나라 말인 한글이 세계 공용어처럼 사용되고, 우리나라 문화가 세계 문화의 지표가 되며, 우리나라의 힘이 역사상 어떤 나라보다도 우월할 것이란 말이네. 그 위대한 나라의 기틀을 만드는 지도자가 정암이 자네가 될 것이니, 자네는 지금 내가 하는 말을 항상 가슴에 새겨두고 명심하도록 하게. 이 말은 자네만 알고 있도록 하는 게 좋겠지? 하하, 이만 끊도록 하겠네."

강권은 이 말을 끝으로 벙 쪄 있는 서원명 대통령에게 윙크를 하고는 영상 통화를 끊고 녹화된 영상을 서원명 대통령의 개인 메일로 보냈다.

강권은 서원명 대통령과의 영상 통화를 마친 후에 경

옥을 찾아서 '해' 와 '달' 에 대해서 대충 설명을 했다.

"그러니까 당신 말은 이 목걸이가 드래곤 하트와 드래곤 본으로 만들어진 에고 아티펙트란 말이에요?"

"그렇소. 나는 이걸 '해' 라고 이름 지었는데 그 이름에 걸맞게 엄청 뛰어난 능력을 가진 녀석이오."

"서방님, 그 능력이란 게 정확하게 어떤 것입니까?"

"백문이 불여일견이라고 내가 직접 녀석의 능력을 보여주도록 하겠소."

강권은 이렇게 말하면서 '해' 에게 최적화시켜서 만들어진 컴퓨터에 '해' 를 끼워 넣었다.

"이제부터는 당신이 직접 '해' 와 대화를 시도해 보시오. 묻고 싶은 것이라든가, 평소 궁금했던 것들에 대해서 어떤 것이던지 물어보시오. 지금 지구상에서 알려진 것은 그게 어떤 것이던지 '해' 이 녀석은 모두 말해줄 것이오."

"……."

경옥은 강권의 말이 너무 뜻밖이었는지 어리둥절해할 뿐 아무런 말도 못하고 있었다. 그걸 보고 강권은 빙그레 웃으며 말했다.

"통상 컴퓨터의 연산 능력이 20*기가플롭스(GFLOPS)

이상일 경우에 그 컴퓨터를 슈퍼컴퓨터로 부른다는 것 정도는 당신도 알고 있을 것이오. 또 지금 가장 뛰어난 슈퍼컴퓨터가 70.72테라플롭스의 가공할 연산 능력을 보유한 IBM사의 Blue Gene/L 시스템이라는 것 역시 알고 있을 것이오. 그런데 당신은 '해'가 Blue Gene/L 시스템의 연산 능력을 능가하는 연산 능력을 갖고 있다면 믿어지시오?"

"예에? 어떻게 그럴 수 있지요?"

"하하하, 간단한 일이오. 당신은 **병렬컴퓨터(Parallel Computer)가 무엇이라는 걸 잘 알고 있을 것이오. 그런데 '해'는 세상의 모든 컴퓨터를 병렬 구조로 만들어서 사용할 수 있소. 말하자면 '해'는 초초병렬컴퓨터(Ultra Massively Parallel Computer)인 셈이오. 게다가 그 병렬에 IBM사의 Blue Gene/L 시스템까지 포함시킬 수 있으니 Blue Gene/L 시스템의 연산 능력을 능가하는 것은 당연한 일이 아니겠소?"

"어, 어떻게 그게 가능하지요?"

"그것은 바로 '해'가 에고를 가지고 있기 때문이오. 세상의 거의 모든 컴퓨터는 온라인이든 오프라인이든 전기와 연결되어 있소. 무엇보다 가공한 '해'의 능력은 전선을 통해서 모든 컴퓨터와 직접 연결되고 작동을 시킬 수 있다는 점이오. '해'는 컴퓨터에 잠입해서 그 컴퓨터와 일체가 되어서 작업을 처리해 버리기 때문에 그것은 해킹과는 전혀 차원이 다른 것이라오. 실상 '해'는 세상에서 내로라하는 거의 모든 컴퓨터를 병렬 구조로 만들어 놓고 있는 상태요."

경옥은 거의 경악 지경에 빠져 있었다. 그동안 강권을 믿고 있었던 신뢰가 근본부터 흔들리고 있었기 때문이다.

'세상에 어떻게 그런 일이 가능할 수 있단 말인가? 그렇다면 강권 씨가 그룹 '환'을 만든 것도 다 컴퓨터 해킹을 통해서 얻은 지식 때문이란 거야?'

경옥의 이런 심기 불편한 속내를 알지 못하는 강권은 자랑 삼아서 '해'의 능력에 대해서 더욱 떠벌였다.

"그뿐인 줄 아시오? '해'는 작곡이면 작곡, 작사면 작사 못하는 게 없소. 게다가 '해'는 8클래스 마법까지 알고 있소. 그러니 세상의 어떤 컴퓨터가 '해'의 능력을 따라올 수 있겠소?"

"당신 지금부터 제가 묻는 말에 똑바로 말씀하세요."

"……??"

"당신이 그룹 '환'을 만들고, 100여 곡이 넘는 히트 곡을 작곡한 것도 다 '해'의 그런 능력 때문인가요?"

강권은 순간 묻고 있는 경옥의 말투가 어째 곱지 못함을 느꼈다.

그래서 경옥의 눈치를 살피다가 자신의 직감이 맞아떨어진 것을 깨닫고 허탈한 웃음을 토하면서 말했다.

"허허허, 지금 당신이 묻는 의도가 내가 혹시 컴퓨터 해킹으로 남이 애써서 연구한 기술을 가로채서 그룹 '환'이란 회사를 세우고, 100여 곡의 히트곡을 만들었다고 생각하는 것이오? 나란 놈을 그 정도 인물로밖에 보지 않다니 당신에게 실망이오."

순간 팔을 뻗으면 닿을 수 있는 거리에 있는 두 사람의 거리는 수만 리 밖에 있는 것처럼 느껴졌고 두 사람이 있는 방은 싸한 정적이 소용돌이쳤다.

약간의 침묵이 흐르고 경옥의 사과로 두 사람의 대화가 재개되었다.

그렇지만 강권은 경옥의 그 사과가 진심 어린 사과가 아니라 분위기가 너무 경직되어서 마지못해 한 사과라는 걸 느낄 수 있었다.

한마디로 경옥의 자신에 대한 신뢰가 무너졌음을 알

수 있었다. 강권은 이를 짚고 넘어갈 필요가 있음을 느꼈다.

신뢰가 없는 부부관계는 오히려 남보다 못한 관계라는 걸 누구보다 잘 알고 있었기 때문이다.

"당신이 미안하다니 당신이 나를 의심한 것에 대해서는 내 더 이상 묻지도 따지지도 않겠소. 하지만 당신이 꼭 알아야 할 게 있소. 내 명의로 되어 있는 수백 건의 특허는 지금 어떤 나라의 어떤 사람들보다도 더 최첨단의 기술이라는 것이오. 일례를 들어 당신이 지금 타고 있는 백룡만 해도 그렇고, 세계를 경악시켰던 보라매의 경우도 그렇소. 만약 보라매나 백룡의 기술이 다른 사람, 다른 나라의 기술을 가로채서 만들어진 것이라면 기술을 침해 당한 사람과 나라에서 가만히 있었겠소? 당신이 그에 대해 제대로 반박을 할 수 있다면 내 이 자리에서 혀를 깨물고 죽으라면 죽을 것이고, 할복을 하라면 할 것이오. 어떻소? 그에 대해서 반박을 해 보시겠소?"

경옥은 상위 1% 이내에 속한 지력(知力)의 소유자답게 대번에 자기가 강권에 대해서 오해했다는 것을 깨닫게 되었다.

"흐흐흑, 정말 미안해요. 저도 제가 왜 그런 생각을 했는지 모르겠어요. 설사 당신이 해킹을 해서 특허를 내고, 그룹 '환'을 만들었다고 하더라도 당신의 아내인 저는 당연히 당신을 믿었어야 했는데 너무 죄송하고 송구스러워서 어쩔 바를 모르겠네요. 제발 이번 한 번만 용서해 주세요. 지금부터는 무슨 일이 있어도 당신을 믿도록 하겠습니다. 흐흐흐흑."

누가 눈물에 약한 것이 사나이 마음이라고 했던가?

강권은 비 온 뒤에 땅이 더 굳는다는 속담으로 자신의 여인에게 신뢰받지 못했다는 씁쓸한 심사를 안위하며 경옥을 달랬다.

"울지 마시오. 당신이 나를 신뢰하지 못한 것은 당신과 대화를 제대로 하지 않은 내 잘못이 클 수도 있으니 말이오. 앞으로 무슨 일이든지 당신과 상의를 해서 처리하도록 하겠소. 설사 상의를 하지 못하고 일을 처리한 경우가 있다면 사후에라도 반드시 그렇게 할 수밖에 없었던 연유를 밝히도록 하겠소. 그러니 제발 눈물을 거두기 바라오."

강권이 이렇게까지 달래자 경옥은 배시시 웃어 보였다.

그런데 이상한 것은 눈물을 글썽이면서 배시시 웃는 경옥의 모습이 강권에게는 치명적인 유혹으로 작용했다는 것이다.

이후 싸했던 방 안의 분위기가 급격하게 달아올랐다는 후문이 있다 보면 비 온 뒤에 땅이 더 굳는다는 속담이 맞기는 맞는 모양이었다.

*기가플롭스(GFLOPS)

 :슈퍼컴퓨터의 처리 속도는 보통 기가플롭스(GFLOPS)를 사용하는데, 1기가플롭스는 1초당 10억 회의 연산이 가능한 것을 의미한다. 그런데 2002년에 일본 과학기술청 산하 해양과학기술센터의 요코하마 연구소에 있는 슈퍼컴퓨터 Earth Simulator가 초당 35조 6100억 회의 연산 속도를 기록하며 초당 1조 회 이상의 연산 속도를 의미하는 테라플롭스 시대를 열었고, 2004년에는 IBM사의 Blue Gene/L이 70.72테라플롭스의 성능으로 세계에서 가장 빠른 처리 속도를 기록하는 슈퍼컴퓨터로 등극했다. 70.72테라플롭스의 성능은 초당 무려 70조 7,200억 회의 연산이 가능한 것을 의미한다.

**병렬 컴퓨터(Parallel Computer)

 :내부의 연산장치를 여러 개 배치해서 높은 연산 성능을 갖게 하여, 동시에 작동하는 복수의 마이크로프로세서를 사용하는 컴퓨터를 병렬 컴퓨터라고 한다. 즉, 여러 개의 CPU를 결합해서 CPU 하나가 갖고 있는 성능의 한계를 극복하기 위해서 고안된 컴퓨터 구조 체계이다. 병렬 컴퓨터용으로 작성된 프로그램은 업무(task)를 복수의 처리 장치에 동시에 골고루 분담시켜 처리함으로써 처리 속도가 대폭 빨라지고 단위 시간당의 작업량을 비약적으로 증가시킬 수 있다.

제8장
뜻밖의 이삭 줍기가 대박(?)

"야, 뚜형아! 너 요즘 최 이사님 보았냐?"

"아니. 근데 최 이사님이 안 보이시니까 참치가 더 먹고 싶은 거 있지?"

"에고, 이런 지대로 식신 같으니라고. 오늘 밤에 콘서트를 하셔야 할 건데 그 걱정보다 니 참치 먹는 게 중요하냐?"

"에고, 에고, 니 잘났다. 원조 초딩아. 니가 언제부터 콘서트를 걱정했냐?"

"뭐라고? 이 식신아!"

두 사람의 토닥거림은 나머지 멤버 7인에 의해서 이내

제압되어졌지만 예전과는 달리 두 사람의 씩씩거림은 쉽게 가라앉지 않았다.

든 자리는 몰라도 난 자리는 안다고 강권이 불과 며칠 보이지 않았을 따름인데 뮤즈 걸즈 아이들은 강권의 빈자리가 더 크게 느껴졌기 때문이다.

그것은 아침에 고수원 회장이 최 이사가 뮤즈 걸즈 소녀들에게 뮤즈 걸즈를 이어 나갈 자기 후계자들을 찾으라는 말을 했다고 해서 강권의 빈자리가 더 커 보였을지도 몰랐다.

"에효, 최 이사 고파."

"어? 유우리야, 너 방금 그게 무슨 말이니? 최 이사 고프다니? 최 이사라는 음식이 새로 나왔어?"

"히히, 너 아직까지 그걸 몰랐어? 그러니까 멍퐈라는 말을 듣지?"

"야! 깝륳아, 너 또 우리 퐈니 놀리고 있지. 퐈니야, 저 깝륳이 한 말은 그냥 보고 싶다는 말이야. 그런데 우리 퐈니는 요새 리나에게 놀러가지 않는 것 같더라."

"으응, 제시야, 리나가 요새 퐈니가 놀러가도 작곡을 공부한다고 퐈니와 놀아주지 않아. 그래서 가도 심심해서 안 가게 돼."

KM 엔터테인먼트 소속 연예인들 중에서 최 이사와 가장 가까운 연예인이 리나고, 뮤즈 걸즈 멤버 중에서 그 리나와 가장 가까운 멤버는 단연 황아영이었다.

리나가 항상 생글생글 웃는 황아영을 가장 따랐기 때문이었다.

황아영도 자신에게 친 언니처럼 살갑게 구는 리나를 매우 좋아했다.

뮤즈 걸즈 멤버들 중에서 발군의 지력을 보이는 제시가 아영에게 리나 얘기를 꺼낸 이유도 바로 거기에 있었다. 말하자면 리나에게 가서 최 이사가 왜 안 보이는지에 대해서 물어보라는 완곡한 표현인 셈이었다. 그런데 곧이곧대로 해석하는 아영은 자신이 들리는 대로 대답을 할 뿐이었다.

'에효, 저러니 멍퐈라는 말을 듣지.'

제시는 이 멍퐈에게는 곧이곧대로 말해야 한다는 것을 다시 한 번 절감하고 이번엔 제대로 말했다.

"아영아, 우리 리나에게 가서 요새 왜 최 이사님이 안 보이는지 물어볼까?"

"으응, 그리고 싶지만 리나는 아마 작곡 공부를 계속하려 들 건데?"

"리나가 계속 작곡 공부를 하려고 한다면 그냥 그 질문만 하고 다시 나오면 되잖아."

"으응, 그래 좋아. 제시야."

두 사람의 대화를 들은 다른 멤버들도 그럴싸하게 여겨졌는지 다들 따라나섰다.

하지만 그녀들이 리나에게 들은 대답은 "언니들, 나도 우리 오빠 저번 콘서트 때 보고 지금까지 한 번도 본 적이 없는데." 이것이었다.

리나는 그 대답만 하고는 다시 음의 조합만 외우고 있으니 뮤즈 걸즈 소녀들은 그냥 돌아올 수밖에 없었다.

'이힝, 앞으로 퐈니는 리나와 안 놀아줄 거야.'

이건 잇달아 문전박대를 당했던 쓰라린 기억이 있는 아영의 생각이었다.

'저거는 지 오빠가 어디로 갔다는데도 궁금하지 않나? 그래서 딸들 키워봐야 소용없다는 말을 듣는 거라고.'

이것은 물론 남매간의 우애가 각별하다는 깝룔의 생각일 뿐이었다.

"애들아, 최 이사님이 어디 갔는지 알아볼 방법은 없을까?"

"우리 경옥이 언니에게 가서 물어볼까? 설마 부인인

경옥이 언니도 모르지는 않을 거 아냐?"

"맞다. 한 번 가보자."

그럴듯한 생각이었지만 뮤즈 걸즈의 이런 생각은 경옥이 방 앞에 부재중이라는 팻말로 쓸모없는 생각이었다는 것이 증명되었을 따름이다.

그때 뮤즈 걸즈 중에서 1번, 2단에 유일하게 모두 속해 있는 꼬꼬마 리더가 말했다.

"아! 맞다. 고거시 그거신 게비다. 고러니까 시방 부부들이 함께 안 보이는 게 무엇 때문인겨? 남들에게 비쳐주지 못할 고거 있자니여?"

"야! 이 탱구리야, 누가 너더러 변태 아니랄까봐 대낮부터 그렇게 야한 얘기를 하는 거야?"

"오메메, 이 작것 보소. 시방 나더러 변태라고 야그해부렀냐? 고러니까 내 야그를 고로코럼 해석해 부는 니는 뭐시냐? 얌전한 척하는 꽹이 새끼가 부뚜막에 먼저 올라가분다는 딱 그짝 아니냐? 이 깝률아."

"뭐야, 이 꼬꼬마 변태가."

이 둘의 다툼은 막내 지현의 일갈에 간단하게 진압되었다.

"언니들, 당장 그만두지 못해요? 콘서트가 불과 몇 시간 전인데 지금 뭐하자는 것입니까? 그렇게 다툴 정신이 있으면 우리 지금 연습실에 가서 오늘 콘서트에서 부를 노래의 안무나 맞추러 가요."

똑 부러지는 막내의 일갈에 뮤즈 걸즈 멤버들은 아무 저항도 못하고 꼼짝없이 연습실로 가야만 했다.

뮤즈 걸즈 멤버들이 막내에게 코가 꿰여 연습실로 가고 있을 때 강권과 경옥은 통제실에서 각자 일을 열심히 하고 있었다.

한 방에 남녀 둘이만 있다고 야한 상상은 하지 말기로 하자. 둘은 어디까지나 각자 자기 일을 하고 있었을 뿐이니까.

경옥은 '해'의 능력을 확인하면서 동시에 '해'와의 싱크로율을 높일 수 있는 방법을 찾으려고 고심을 하고 있었다. 강권은 '해'와 자유자재로 대화가 가능하고 심지어 어느 정도의 거리에서는 원격 통신마저도 가능하다지 않은가?

반면에 자기와 '해'는 컴퓨터 화면을 통해서만 가능할 따름이었다.

'분명 뭔가 방법이 있을 거야.'

경옥이 이렇게 '해'와의 싱크로율을 높이려는 이유는 '해'를 통해서 의학의 새로운 지평을 발견할 수 있다는 희망을 보았기 때문이다.

경옥이 의사가 되려 했던 이유는 어머니가 신부전증(腎不全症)으로 고생을 하셨을 뿐만 아니라 외갓집의 여자들이 거의 대부분 당뇨에 걸렸기 때문이기도 했다.

이는 외가 쪽의 당뇨병이 100% 유전으로 발생하는 희귀당뇨병이었기 때문이다.

이 희귀당뇨병은 당뇨병 중에서도 매우 드물게 나타나는 병이어서 사례가 매우 적었고 그 결과 연구 자료 또한 매우 빈약한 편이었다.

그런데 이게 어떻게 된 일인지 '해'가 출력하는 자료는 그 양에 있어서 매우 방대할 뿐만 아니라 그 질적인 면에서도 그 자료만 가지고도 희귀당뇨병에 대한 걱정을 완전 잊을 수 있을 정도로 희귀당뇨병의 대해서 체계화가 잘 이루어져 있었다.

이 희귀당뇨병에서만 그런 것인가 하고 자신이 잘 알고 있는 다른 병, 즉, 코마에 대해서 알아보았다. 예리나의 모친의 코마 치료를 담당했던 김경하 박사는 대한민국에서 뇌에 관한한 최고의 권위를 자랑하는 의사이자 경옥의 학부 은사이기도 해서 코마에 대해서 경옥은 나름 한 지식을 갖고 있었던 것이다.

그랬더니 이 코마의 출력 자료 역시 질과 양에 있어서 완전 장난이 아니었다.

특히 질적인 면에서는 권위자들도 경악을 금치 못하게 만들 내용이 상당 부분 수록되어 있었다. 뇌에 관한한 전 세계적으로도 손꼽힐 정도의 권위자인 김경하 박사에게서 배웠던 내용에서 간간이 틀린 부분이 있다는 것이 그것이었다.

'와! 세상에, 이 출력 자료를 선생님에게 가져다 드리면 완전 놀라 자빠지시겠네.'

이런 정도니 경옥이 얼마나 흥미롭게 생각하는 지는 물어보나 마나였던 것이다.

그런데 경옥은 IQ가 180이 넘을 뿐만 아니라 천재들의 전형적인 특성까지도 갖고 있었다. 한 번 흥미를 갖기 시작하면 그 집중력이 장난이 아니라는 의미였다.

그래서인지 경옥은 벌써 며칠째 의학 전반에 관해서 '해'가 출력해 주는 자료에 몰두하고 있었다. 아니, 이건 몰두 정도가 아니라 완전 의학 지식의 바다에 빠져서 허우적이고 있는 형상이었다.

반면에 강권은 '달'과 함께 드래곤에 의해서 창조된 호문클루스의 세계를 여행하고 있는 중이었다.

강권 역시 천재라면 천재, 흥미로운 분야에서의 집중도는 경옥에 뒤진다면 서러워할 정도였다.

호문클루스가 강권의 호기심을 극도로 자극하는 점은 무생물인 로봇보다 더 생물에 가까운데 마법과 연금술을 사용해서 창조할 수 있다는 것이었다.

호문클루스 역시 에고를 가질 수 있는데 창조자의 능력에 따라서 폭과 깊이가 달라진다는 것도 흥미로운 대목이었다.

이렇게 보면 완전 생물이나 다름이 없다고 생각할 수 있겠지만 호문클루스는 생식능력이 전혀 없다는 점에서 생물과는 완전 다른 존재일 수밖에 없었다.

드래곤들 중에서 스스로 자신의 능력을 신(神)에 필적하다고 여기고 호문클루스에 생식능력을 부여하려고 하는 존재들도 있었다. 이에 신들은 분노를 했고 주신의 권능으로 드래곤들에게 더 이상 호문클루스를 만들지 못하도록 금제시켰다.

그런데 아이러니하게도 그 금제가 인간들에게 마법을 접하게 만들었고, 호문클루스를 만들 기회를 제공하게 되는 계기가 되었다는 점이다.

신이 드래곤들에게 호문클루스를 만들지 못하도록 금제를 시킨 것이지 호문클루스를 연구하는 것까지 금제하지는 않은 것이 그 계기의 시발점이었다.

그때까지만 해도 인간은 마법을 몰랐는데 대리만족을 얻기 위해서 어떻게든 호문클루스를 만들어보려는 드래곤들이 인간들에게 마법과 호문클루스 제작법을 가르쳐주었다는 것이다.

강권은 '달'의 말에 배꼽을 잡고 웃었다.

"하하하, '달'아 저쪽 이계의 신들은 너무 순진한 구석이 있는 것 같다."

―주인아, 왜?

"그렇잖아? '달' 너도 생각해 봐. 주신이 드래곤들에게 더 이상 호문클루스를 만들지 못하도록 금제시킨 것은 신의 권위에 도전하는 드래곤들에게 더 이상 신의 권위에 도전하지 말라는 의도였잖아. 그런데 그 금제를 회피에서 드래곤들이 인간의 손을 빌려 호문클루스를 만든다면 여전히 신의 권위에 도전하는 것과 같잖아."

―주인아, 주인 너도 반드시 생각해야만 할 것이 있어. 그것은 위대하신 존재들이신 드래곤들과 신들의 세계는

언령(言靈)의 세계라는 점이야. 언령은 반드시 구체적으로 특정해야 그대로 이루어진다고 해. 그리고 언령을 형상화하기 위해서 이것저것 갖다 붙이는 것도 안 돼. 저쪽 세상에 이 언령의 의미를 잘 설명해 주는 "하나의 말은 반드시 하나만의 가치를 갖는다."라는 속담이 있어. 이를테면 이쪽 세상에서는 사위를 가리켜 딸 도둑놈이라고도 하는 것 같더라. 그런데 언령의 영향을 받은 저쪽 세계에서는 사위는 사위일 뿐이고, 딸 도둑놈은 말 그대로 자기 딸을 훔쳐간 나쁜 놈일 뿐 절대로 사위가 될 수 없다는 말이야.

"으음, '달' 아, 그러고 보니 그 언령의 시대가 이쪽 세상에서도 있었던 것 같다. 성경에 [태초에 말씀이 있었다.]고 한 것은 말이 훗날의 세상을 만들었다는 의미잖아. 또 믿을 신(信) 자는 사람 인(人)과 말씀 언(言)이 합해져서 이루어졌는데 사람의 말은 그 자체로 믿어져야 한다는 의미에서 만들어졌다는 거야. 그런 것들이 언령 시대의 흔적이 아닐까?"

─주인아, 이제 그만 샛길로 새고, 진도나 나가자.

그런데 강권의 물음에 '달'은 마치 같잖다는 듯 콧방귀를 끼며 대꾸도 하지 않았다.

'달'이 이렇게 재촉을 하는 데에는 다 그만한 이유가 있었다.

'달'이 8클래스를 마스터하고 9클래스에 대해서 고심을 하자 머릿속에서 느닷없이 호문클루스가 떠올랐고 이어서 자신이 알지 못하던 것들이 계속 떠오르고 있었기 때문이다.

'달'은 아직 그 연유를 모르고 있었지만 그것은 실은 '달'을 만든 골드 드래곤 칼리크 레고우스의 안배였다.

골드족의 마지막 드래곤인 칼리크는 자신이 마나의 품으로 돌아가면 자신이 알고 있는 지식이 사장될까 두려워서 '해'와 '달'을 만들었다.

그리고 '해'와 '달'에게 [지식 전이] 마법을 써서 자신의 모든 지식을 전했다.

그런데 그 지식은 랜덤하게 전해지는 것이 아니고, 순차적으로 전해지도록 프로그램화되어 있었다.

마법으로 예를 들자면 1클래스를 알아야 2클래스 마법이 전해지고 다시 2클래스를 터득해야 3클래스 마법이 전해지는 것처럼 프로그램되어 있는 일정한 순서에 입각해서 전해지는 방식이었다.

골드 드래곤 칼리크 레고우스의 이율배반적인 또 하나

의 안배는 드래곤에게서 시작된 마법은 드래곤이란 종족이 멸망하면 없어지기를 원했다는 것이다.

자신이 자신의 드래곤 하트와 드래곤 본으로 만든 아티펙트를 마법이 통용되는 이계가 아닌 이쪽 세상에 놓아둔 이유이기도 했다.

그런데 공교롭게도 인과율을 틀어 버린 명학이란 존재 때문에 저쪽 세상에서 마법이 없어지는 것이 사실상 불가능하게 되었고 그 반동에서인지 강권이 명학의 전생을 읽어 버림으로써 강권까지 마법을 알게 되었다.

거기에 주인에 종속되는 에고의 특성상 종속의 인을 설정하는 과정에서 '해'와 '달'이 마법이란 것을 알게 되어 마침내 '달'이 9클래스에 오르게 되었던 것이다.

―주, 주인아, 잠깐.

한참 호문클루스에 대해서 열강을 하던 '달'이 잠깐이라는 말과 함께 조용해졌다.

강권은 영문을 몰라 어리둥절했지만 이내 어떤 느낌이 느껴졌다.

마치 인간들이 깨달음을 얻기 위해서 명상에 잠기는 것 같다는 느낌이었다.

"호오! '달' 이 녀석 정말로 9클래스에 올라 버리는 것 아냐?”

강권은 ‘달’에게서 9클래스의 화두를 잡았다는 말을 듣긴 했지만 ‘달’이 9클래스에 올랐다고는 생각지 않았다. 그래서 지금의 명상을 9클래스에 오르기 위한 깨달음을 찾는 명상쯤으로 여기고 있는 것이다.

그런데 강권이 ‘달’이 명상을 하고 있다고 오해하고 있는 것은 실은 명상에 든 것이 아니고 마법 전반에 관한 지식들과 연금술, 호문클루스에 대한 지식 등 갑자기 너무 많은 지식이 ‘달’의 뇌리에 쏟아져 들어가자 혼란에 빠진 상태였다는 거다.

“허, 이거 졸지에 외톨이가 되었군. 마누라는 ‘해’에 홀려 정신을 차리지 못하고 있고 ‘달’ 녀석은 9클래스에 오른다고 명상에 빠져 있으니 나는 혼자 무얼 한다?”

생각해 보니 오늘이 콘서트 날이었다.

“어? 지금 시간이 오후 5시니, 하마터면 이번 공연을 망칠 뻔했군.”

‘해’를 쳐다보니 ‘해’는 그걸 아는지 모르는지 경옥의 요구에 부응하느라 바빠 보였다.

‘저걸 그냥 두어야 하나, 말아야 하나?’

지금까지 계속 콘서트를 위해서 오디션 스테이지의 기

계를 조작해 왔던 존재가 '해'였기 때문에 '해'가 관여를 하지 않는다면 콘서트가 어떻게 될지 강권은 내심 걱정이 되었다.

"큼큼, '해'야, 너 오디션 스테이지의 기계는 어떻게 하려고 그러고 있냐?"

"주인님, 이미 프로그램을 깔아 놓았으니 아무런 차질이 없을 것입니다. 또, 제가 계속 모니터 하고 있는 중이니 주인님께선 걱정하지 마십시오."

'해'의 대답을 듣자 강권은 문득 며칠 전에 자기가 경옥에게 '해'는 초초병렬컴퓨터라고 했던 자신의 말이 떠올라 괜히 얼굴이 달아오르는 것처럼 느껴졌다.

이처럼 강권은 드래곤이 만든 에고 아티펙트인 '해'를 인간인 자신의 관점에서 판단하는 우를 종종 범하곤 했지만 이번처럼 무안한 적은 없었다.

'경옥이가 보고 있기 때문인가?'

이 생각 역시 현실을 제대로 인지하지 못해서 저지른 잘못된 것이었다.

지금 경옥은 '해'가 만들어 놓은 의학 지식의 바다에 빠져서 허우적이느라고 강권과 '해' 사이에 무슨 말이 오고 갔는지 전혀 모르고 있었기 때문이다.

이 두 차례의 실수 아닌 실수로 강권은 자신의 부주의함을 스스로 자책하게 되었고 '인식(認識)'을 화두(話頭)로 하는 *명상 상태에 빠지게 되었다.

인식에서의 인(認)은 진실된 것을 발견해서 안다는 뜻이고, 식(識)은 아는 것을 명확히 한다는 의미를 가지고 있다.

그러므로 인식이란 진실을 발견해서 명확하게 자신의 것으로 만든다는 것을 뜻한다.

'그럼 진실이 과연 무엇이고 진실을 볼 수 있다는 것은 무엇을 의미하는 것일까?'

강권은 이 물음에서 진실을 파악할 수 있는 지혜, 즉 진아(眞我)의 의미를 궁구(窮究)하게 되었다.

강권이 이렇게 생각할 수밖에 없는 필연적인 이유는 지금 자신의 정체성에 대해서 확신하고 있지 못한 것에 원인이 있었다.

생각해 보면 지금의 강권은 자신의 전생(前生)과 현생(現生), 명학과 서원명의 전생과 현생들이 혼재된 상태였다.

어떤 때는 자신의 전생에 빠져 있을 때도 있었고, 어떤 때는 명학이나 서원명의 전생이 자기 삶인 것처럼 느껴지기도 했다.

그런 상황인데도 아직까지 단 한 번도 진지하게 진아 (眞我)에 대해서 궁구해 본 적이 없었다. 단지 지금의 삶이 자신이거니 하는 타성에 젖은 삶을 살았다.

그렇게 살아도 적수가 없으니 강권은 굳이 진아(眞我)에 대해서 궁구할 필요가 없었다고 할 수도 있었다.

그런데 막상 진아(眞我)의 의미를 궁구(窮究)하게 되자 자신의 전생과 현생, 명학과 서원명의 전생과 현생들이 서로의 목소리를 높이고 있었다.

그 말은 그만큼 치열하게 사고(思考)를 하고 있다는 의미이기도 했다. 이런 것은 아직까지 한 번도 없던 일이다.

그래서 그런지 머릿속이 뒤죽박죽으로 변한 것 같아 혼란스러웠다.

식은땀이 나서 등줄기가 흥건해질 정도로 혼돈에 빠져들었다.

그렇지만 그 혼돈에 지고 싶지는 않았다.

'으윽. 안 돼.'

강권은 이를 악물고 참으면서 진아를 찾기 시작했다. 얼마나 지났을까. 홀연히 한 줄기 빛이 혼돈에 빠진 강권의 뇌리에 길을 비추어주었다. 아이러니한 것은 그 빛의 근원이 강권의 전생이 아닌 명학의 전생이었다는 것이다.

그 한 줄기 빛은 바로 명학의 전생에서 알게 된 양의신공(兩儀神功)이었다.

마음을 둘로 나누어 하나는 진아를 찾으면서 다른 하나는 여러 삶들이 내는 목소리들을 들었다. 그러다 문득 일시무시일(一始無始一)로 시작해서 일종무종일(一終無終一)로 끝나는 81자의 천부경(天符經)의 구절들을 떠올리게 되었다.

천부경은 우리 민족의 뿌리인 한웅천황(桓雄天皇)부터 비롯된 가르침을 81자에 축약해 놓은 것이다.

강권이 천부경을 암송하면서 그 뜻을 헤아리자 모든 혼돈들이 비로소 하나로 귀일되는 것 같았다.

강권의 입가에 미소가 피어났다. 그 미소는 마치 염화미소(拈華微笑)처럼 보는 사람으로 하여금 편안함을 느끼게 해주는 것 같았다.

"서방님, 배 안 고프세요?"

"배? 고픈 것 같기도 하고, 아닌 것 같기도 한데. 그런데 왜?"

"어휴, 서방님, 서방님께서 며칠 동안이나 그렇게 앉아 계셨는지 알아요?"

"뭐어? 내가 며칠씩이나 앉아 있었다고?"

강권은 불과 몇 분 앉아 있었던 것 같은데 며칠씩이나 지났다고 하자 깜짝 놀랐다.

그런데 휴대폰의 액정을 보자 무려 3일이나 지났다는 것을 알게 되었다.

"그나저나 서방님 몸 좀 씻으시고 옷도 갈아입으셔야 되겠어요."

경옥의 말에 비로소 꾸리꾸리한 냄새가 나는 것을 느낄 수 있었다.

'이런 또 환골탈태한 건가?'

강권의 이런 생각은 약간 어폐가 있는 것이었다.

그동안 환골탈태라고 믿었던 것은 제대로 된 환골탈태가 아니었기 때문이다.

이제야 진정한 소드 마스터, 7서클 대마도사로서의 신체로 재구성이 완성되었다.

그동안은 찔끔찔끔, 하다만 듯이 환골탈태를 했을 뿐

이었던 것이다.

강권은 서둘러 [퓨어리피케이션(정화)] 마법을 펼쳐 자기 몸에 배어 있는 냄새와 오물들을 제거했다.

강권이 아무런 말도 하지 않고 그저 손을 한 번 휘저은 것 같았는데 방 안에 진동하는 냄새와 오물들이 모두 없어지자 경옥이 깜짝 놀라서 물었다.

"서방님, 이거 어떻게 된 거죠?"

"으응, [퓨어리피케이션] 마법을 펼쳤을 뿐이야."

강권의 말에 '해'와 '달'도 축하해 주었다.

—주인아, 축하해. 주인도 이제 완전히 7서클 대마도사가 되었어.

—주인님, 축하드립니다. 이제 누가 뭐래도 완전한 마법사가 되셨습니다. 다시 한 번 진심으로 축하드리겠습니다.

—니들도 고맙다. 니들 덕분에 제대로 된 마법사가 된 것 같아.

강권이 '해'와 '달'에게 한 말은 진심이었다.

그동안 몇 번 마법을 펼쳐 보았지만 지금처럼 자연스러웠던 적은 없었기 때문에 상당히 감격스러운 상태였던 것이다.

또한 '해'와 '달'에게 [메시지] 마법을 써서 마치 텔레파시를 쓰듯 의사 전달을 자유롭게 할 수 있는 것도 성과라면 성과였다.

이쯤 되면 그동안 모두 무공으로 해결하려 했던 것도 상당 부분 줄어들 것이다.

어쩌면 마법을 주로 쓰고 무공은 부차적으로 쓸지도 모를 일이었다.

경옥은 뭔가 말하려다 강권의 감격스러운 모습을 보며 머뭇거리고 있었다.

그것을 느꼈는지 '달'이 강권에게 말했다.

—주인아, 마님이 말하려다 만다.

—으응, 경옥이가?

강권이 달의 말에 경옥을 쳐다보자 뭔가 자랑하고 싶어 하는 표정으로 머뭇거리고 있는 것이 아닌가?

"당신, 나에게 할 말이 있어?"

"예. 서방님, 저 이거 보셔요. 살아 움직이는 인형이에요. 멋있지요?"

"어! 그게 바로 호문클루스인가?"

"예. '해'의 말로는 그렇다고 하네요."

"어! '달'이 호문클루스를 만든 게 아니고 '해'가 만들었다고?"

"서방님, 그것이 아니라요. 서방님이 깨달음을 위한 명상에 빠져 있는 동안에 '달'이 생각하고 있는 것을 '해'가 나에게 전달해 주었어요. 그걸 내가 밀가루와 신문지를 써서 만들었고요. 하지만 밀가루와 신문지로 만든 것 치고는 이거 꽤나 예쁘지 않아요?"

'호, 정말이야? 밀가루와 신문지로 만들었다는 게?'

강권은 이 말이 불쑥 튀어나올 뻔했다.

아닌 게 아니라 밀가루와 신문지로 만든 것 치고는 엄청 멋있어 보였다.

그림을 엄청 잘 그린다고 하더니 나름 손재주도 있는 모양이었다.

"으응, 엄청 잘 만들었어. 그런데 첫 작품인데 밀가루와 신문지로 만들었다는 것이 좀 아쉬운 것 같아."

"예에. 좀 그렇죠? '해'의 말로는 나중에 키도 더 커지고 말도 할 수 있을 거라는데 정말로 그럴까요?"

"그러엄. '해'가 그렇게 말했다면 아마 그렇게 될 거야."

강권의 말에 '달'이 기분이 상했다는 듯 태클을 걸어왔다.

―주인아, 듣는 '달' 살짝 기분이 나빠지려고 한다. '해'가 말했으면 그럴 거고, 그럼 '달'이 말했으면……

'달'이 말을 끝맺기도 전에 강권의 메시지가 '달'의 말문을 막았다.

―그 싸가지 없는 '달'이 말했으면 당연히……

―당연히 뭐?

―당연히 그럴 거야지. 뭐겠어? 주인에게 꼬박꼬박 반말하는 이 싸가지야, 언령(言靈)이란 게 한 번 기면 영원히 긴 거라며? 왜, 떫어?

―……???

'달'은 강권이 '해'를 편애하는 듯이 발언을 하자 살짝 열을 냈다가 본전도 찾지 못했다.

'씨이, 뭐야? 언령까지 들먹이는 건. 그리고 이 착한 '달'에게 싸, 싸가지라니?'

'달'은 내심 투덜거렸지만 강권이 들먹이는 언령이라는 말에 왠지 모르게 가슴이 철렁 내려앉는 것 같은 기분이 들어서 제대로 반박도 하지 못했다.

'내가 주인에게 언령에 대해서 괜히 말해주었나?'

―언령에 대해서 뭐라고? '달'아 그렇게 속으로 투덜거리지 마라. 나에게는 다 들리거든. 그리고 벼는 익을수

록 고개를 숙인다는 말 몰라?

—……???

'이 인간이 정말 내 생각을 읽을 수 있나?'

—그래. 그 인간이 주인에게 반말 짓거리하는 싸가지 없는 녀석의 생각을 훤히 읽을 수 있다. 왜, 떫어?

—……???

이게 진정한 환골탈태의 위력이었다.

'달'의 생각을 전혀 읽을 수 없었던 예전과는 달리 이제 어느 정도 집중하기만 하면 '달'의 내심이 잡힐 듯이 들여다보였다.

그리고 그것은 드래곤 칼리크가 설정해 놓은 [종속의 인]에 따른 주인으로서의 당연한 권리이기도 하였다.

이처럼 진정한 환골탈태의 위력은 구공(口功)에서도 여지없이 발휘되어서 막무가내 까불이를 지대로 혼내주고 있었다.

결국 '달'은 내심 중얼거리지도 못하고 앞으로 '해'처럼 강권에게 깍듯하게 존댓말을 써야 할지에 대해서 심각한 고민을 하지 않을 수 없었다.

한편 경옥은 강권이 "그렇게 말했다면 그럴 거야."라고 말한 후에 반지를 보면서 눈빛이 여러 차례 변하는 것을 보고는 직감적으로 '달' 과 대화를 하고 있는 거라고 확신했다.

컴퓨터 화면상으로 나눈 대화이기는 하지만 '해' 와 이야기를 하면서 강권은 '해' 와 '달' 과의 직접 대화가 가능하다는 것을 알았기 때문에 가능한 추정이었다. 물론 당연히 자기도 강권처럼 '해' 와 '달' 에게 말을 주고받을 수 있는 능력이 있으면 싶었다.

그런데 경옥은 모르지만 그것이 전혀 불가능하지만은 않았다.

또한 그것은 드래곤 칼리크가 설정해 놓은 [종속의 인]의 매뉴얼상의 채널 설정에 포함되는 내용이었기 때문이다.

[종속의 인]의 매뉴얼상의 채널 설정이라 함은 주인인 강권이 자기의 일정한 관계에 있는 사람과의 의사소통을 원하면 종인 '해' 와 '달' 은 그에 따라야 한다.

그 일정한 관계에는 부인이나 부모와 자식처럼 가까운 친인척 관계는 당연히 포함되었기 때문이다.

한마디로 강권이 초월자로서의 지위인 소드 마스터나 7서클의 대마도사가 된 후에는 강권이 까라면 '해' 와 '달' 은 무조건 까야 하는 게 [종속의 인]이다.

[종속의 인]이라는 게 '해'와 '달'에게는 손오공의 머리띠인 [금고아]와도 같았다.

'호오? 그렇단 말이지?'

강권은 진정한 환골탈태를 거친 후에 머릿속에 자동적으로 새겨지고 있는 [종속의 인]에 대해서 엄청 흥미롭다고 생각했다.

❖   ❖   ❖

뮤즈 걸즈의 소녀들은 노경옥의 어깨 위에 앉아 있는 한 뼘 정도의 작은 인형에 눈길이 갔다.

그런데 그 인형이 눈을 깜빡거리고 발장난을 치자 눈이 휘둥그레졌다.

"저, 언니 그거 정말 움직이는 거 맞아요?"

"으응, 그래."

"어머 귀여워! 저 언니, 이런 말씀드려도 되는지 모르겠지만 한 번만 만져 봐도 되겠습니까?"

"미안하다. 유우리야. 지금은 안 되겠거든. 얘가 태어난 지 얼마 되지 않아서 낯을 많이 가려서 말이야. 하지만 조금 친해지고 난 후에는 가능할 거야."

"아닙니다. 언니. 미안하다니요. 그런 것도 모르고 무례하게 부탁을 드린 제가 오히려 미안하죠."

"어머, 유우리는 예쁘기도 예쁜 것이 참 조신도 하구나. 만약 내 동생이 있으면 당장에 소개시켜 주고 싶다, 얘."

"언니, 좋게 봐주셔서 감사합니다."

깝률이 조신률로 갑자기 모드를 변환시키자 그걸 보고 있는 뮤즈 걸즈의 나머지 멤버들은 껄떡껄떡 숨이 넘어갔다.

하지만 눈앞에 있는 껄끄러운 싸모님(?) 때문에 내색은 하지 못하고 있었다.

그때 그들을 구원해 주는 존재가 나타났다. 예리나였다.

오랜만에 예리나와 마주하는 껄끄러운 싸모님(노경옥)은 리나를 보며 반색했다.

"리나야, 어서 오너라. 오빠가 그러더라. 너 요즘 작곡 공부하느라 바쁘다며?"

"으응, 언니."

예리나는 얼른 밥 먹고 다시 자기 방으로 가서 작곡 공부를 하려다 문득 경옥의 어깨 위에서 눈을 깜빡거리면서 발을 굴리는 깜찍한 인형을 보고는 깜짝 놀랐다.

완전 살아 움직이는 것 같았기 때문이다.

"언니, 그런데 언니 어깨 위에 있는 움직이는 인형은 뭐예요? 못 보던 건데."

"호호, 리나야. 이건 움직이는 인형이 아니고 정말로 살아 있는 존재야."

"예에? 정말로 살아 있는 존재라고요? 레알?"

이 대목은 예리나와 뮤즈 걸즈의 합창이었다.

"호호호, 그렇단다. 이름은 신문이야."

"호호호, 언니, 신문, 구문할 때 그 신문이요? 깜찍하게 생긴 것과 신문이라는 이름은 왠지 어울리지 않는 것 같은데요?"

"호호호, 하지만 우리 신문이가 그 이름을 엄청 좋아하는데 어쩌겠니? 신문이의 의사를 존중해 주어야지."

"어, 언니, 신문이가 정말 감정도 있습니까?"

"네가 지현이구나. 그래. 우리 신문이는 싫고, 좋은 느낌을 분명하게 표현하더라."

"와~ 대박이다. 감정을 표현할 수 있다면 완전 애완동물 같은 거네."

"애들아. 애완동물 같은 거라고 하면 듣는 우리 신문

이가 엄청 섭섭해하지 않을까? 우리 신문이는 아직 어려서 말을 하지는 못하지만 말도 금방 배울 거라고 하더라."

"정말이요? 레알? 와~ 짱! 대박이다. 대박."

뮤즈 걸들의 합창이 있었는데 이번에는 예리나는 그 대열에 동참하지 않았다.

대신에 눈을 반짝이며 경옥에게 질문을 퍼부었다.

"언니. 누가요? 오빠가요?"

"아, 으—응. 오빠 말고 또 누가 있겠어?"

경옥은 순간 아니라고 대답을 하려다가 얼버무릴 수밖에 없었다.

'해' 와 '달' 의 존재는 강권과 자기 외에는 누구도 알아서는 안 될 극비 사항이었기 때문이다.

설령 그 대상에 예리나도 예외가 아니었다.

경옥도 강권이 극비 사항이라고 누차 말하자 처음에는 속으로 '에이, 설마?' 했지만 '달' 과 '해' 의 경천동지 할 위력을 실감하자 강권이 추호도 과장을 하지 않았다는 것을 알게 되었다.

그리고 자신을 그처럼 믿어주는 강권에게 무한한 애정을 느끼게 되었다.

그런데 경옥이 이렇게 얼버무린 바람에 강권은 예리나에게 엄청 시달렸다는 후문이 들렸다.

*명상 상태(뇌파의 종류)

1. 알파파 (8~14 사이클/초)

명상과 같은 편안한 상태에서 나타나며 스트레스 해소 및 집중력 향상에 도움이 된다. 이 때문에 알파파를 명상파라고도 하는데 뇌파가 알파파 상태가 되면 의식이 높은 상태에서 몸과 마음이 조화를 이루고 있는 상태를 뜻한다. 알파파 상태를 만드는 것은 눈을 감고 몸을 편안한 상태로 이완시키는 훈련으로 가능하다고 한다.

2. 베타파 (14~30 사이클/초)

사람이 일상생활을 할 때 뇌파의 대부분은 베타파로 14헤르츠(Hz)에서 100Hz 이상으로 빠르게 움직인다. 말하자면 의식이 깨어 있어 외부의 자극에 긴장이나 흥분할 때 나타나는 뇌파가 베타파라는 뜻이다. 이 상태는 운동력 향상에 도움이 되지만 베타파 상태가 오래 지속되면 뇌는 혼돈에 빠져서 초조해지고 학습 효율도 저하된다.

따라서 바람직한 상태로 뇌를 유지하고 뇌의 활동을 활발하게 하기 위해서는 잠시나마 저뇌파(알파파, 세타파, 델타파) 상태로 바꾸어줄 필요가 있다.

나폴레옹의 경우 짬짬이 쪽잠을 자는 것으로 왕성한 활력을 유지했다고 한다.

3. 세타파 (4~8 사이클/초)

꾸벅꾸벅 졸고 있거나 얕은 수면 상태에서 나타나는 뇌파로는 이 때문에 지각과 꿈의 경계 상태로도 불린다. 세타파 상태에서는 종종 예기치 못한 꿈과 같은 이미지를 동반하게 되고 그 이미지는 생생한 기억으로 이어지는 경우도 있다. 또한 이것은 곧 갑작스러운 통찰력 또는 창조적 아이디어로 연결되기도 하고 초능력이라는 비현실적이고 미스터리한 환상적 상태로 느껴지기도 한다. 오랫동안 어려움을 겪었던 문제의 해결책이 순간적으로 떠오르는 것도 이 세타파 상태에서 이루어진다고 한다.

4. 델타파 (0.5~4 사이클/초)

주로 깊은 수면 상태에서나 혼수상태에 나타나는 뇌파로 심신의 치유에 도움이 된다. 세타파보다 더 느리게 움직이는 4Hz 이하에서 형성된다. 델타파 상태에서 많은 양의 성장 호르몬을 생성시킨다고 한다.

제9장
만 하루를 드리겠습니다.
그 뒤는 알아서 상상하십시오(1)

"스포츠 란에는 온통 누리축구단 얘기로 난리가 아니로군."

식사를 마치고 강권은 잃어버린(?) 며칠을 확인하기 위해서 인터넷을 했다.

세상은 마치 정지하기라도 한 듯 아무런 변화도 없는 것 같았다.

그런데 기사가 하나가 그의 눈길을 확 끌어당기고 있었다.

"누리축구단 누가 말릴 것인가? 라."

이 제목으로 쓰여 있는 기사에는 누리축구단이 또다시

A대표팀인 그리스 국가대표팀을 7:1로 일방적으로 격파했다는 내용이었다.

이것은 표면적으로는 객관적으로 쓴 것 같았지만 엄밀히 말하면 누리축구단 쪽에 서서 쓴 기사였다.

강권이 성재만으로 분장하고 그리스 대표팀 주전들의 태반을 전치 3개월 이상의 병신으로 만들어 놓았으니 그들이 뛰지 못했다면 그리스는 당연히 A대표팀이라고 할 게 아니라 1.8군이나 1.9군이라고 해야 하기 때문이었다.

이 기사는 누리축구단의 처음 A매치인 대터키전에서 9:0으로 이길 때 봤던 기사들과는 전혀 다른 뉘앙스를 풍기고 있었다.

터키전에서 9:0으로 이길 때는 운이 너무 좋았다느니, 터키가 방심했다 허를 찔리고 당황했다느니 하는 표현이 많았었다.

그런데 1.8군 정도 되는 그리스전은 볼 점유율이 55:45 정도로 원사이드 한 경기는 아니었는데도 정작 매스컴에서는 방심해서 한 골 먹었다는 식의 표현이 대부분이었다.

"세상은 강자라고 인정을 받으면 아낌없이 팍팍 쥐어

주는군."

경쟁 사회에서는 강자일수록 매스컴에 노출이 많이 된다.

심지어 VVIP에 속하는 강자들은 매스컴의 노출 여부를 스스로가 선택할 수도 있다.

그 정도의 VVIP라면 매스컴 노출이 그 자체로 돈이 되기 때문이다.

따라서 그 정도로 잘 나가는 VVIP에게는 매스컴이 알아서 긴다.

나중에 인터뷰 기사라도 실으려면 VVIP에게 미운털이 박히지 않는 게 도움이 되기 때문일 것이다. 게다가 누리축구단도 VVIP 대열에 끼어 있지만 성재만 선수 같은 경우는 이미 매스컴들을 지배할 수 있는 최상급 레벨의 강자에 속했기 때문에 어떤 매스컴도 성재만 선수의 의사를 거역할 수 없다.

그런데 그런 성재만이가 빠지고도 7:1로 이겼다면 매스컴에서는 일방적인 경기였다고 볼 수 있었을 것이다.

"성재만이가 경기에 나가지 않았군. 그렇다면 그 친구가 나에게 인생을 맡기겠다고 한 것이겠지?"

아마 성재만과 몇 명의 선수들은 그리스 대표와의 경

기가 있고 그 다음 날부터 특별 훈련을 실시하고 있을 것이다.

"내일 있을 남은 그리스와 경기를 하고는 누리축구단의 전 선수들이 강화 훈련에 들어가겠지?"

강권이 지금 누리축구단이 정말로 엄청 잘나가고 있음에도 시큰둥한 이유는 애초 예상하던 것만큼 재미가 없어서일 것이다.

그것은 그리스 대표팀을 22:2로 깨드리면서 이미 예정되어 있었던 일인지도 몰랐다.

후반 45분에만 22골을 몰아붙였으니 이건 완전 만화축구가 아니겠는가?

그리스 1차전을 본 전문가들은 하나같이 성재만에 대해서 다음과 같이 평했다.

—더러코 성재만의 존재는 세계 축구계의 재앙이 되던지, 아니면 축구의 신이 되어 영원히 빛날 것이다. 왜냐하면 그는 펠레, 베켄바워, 요한 크루이프, 마라도나를 위시해서 현존 최고의 선수라는 메스 같은 선수조차도 그와 비교되면 초라해질 정도로 비교할 대상조차 없는 엄청난 존재이기 때문이다. 만약 그가 소속해 있는 팀과 붙는다면 이기려고 하는 것보다는 지지 않으려고 노력하는 게

나을 것이다.

"젠장, 이렇게까지 평하다니…… 내가 성재만이에게 엄청난 짐을 지워준 것 같군. 에고, 그날 그 자식들이 작정하고 반칙하러 들어오는 걸 보고 내가 너무 발광을 해버렸던 것 같아."

그리스의 비참한 추락은 자업자득이지만 성재만이는 자다가 봉변을 당한 케이스요, 마른하늘에서 날벼락을 맞는 꼴이다.

강권이 인터넷을 하면서 자탄을 하고는 성재만에게 빚을 졌다고 생각했다.

강권은 원래 남에게 빚을 지고는 못사는 성격이어서 성재만에게 어떻게 보상을 해주어야 할까 나름 고심을 하고 있는데 노크 소리가 들렸다.

"누구세요. 들어오셔도 좋습니다."

강권이 들어와도 좋다고 허락을 하자 누군가 방으로 들어왔다.

기억이 맞는다면 그는 아마 '환' 매니지먼트사의 비서실 소속의 장태환이라는 직원일 것이다.

장태환은 방에 들어오자마자 꾸벅 절을 하고는 용건을 얘기했다.

"회장님, 드릴 말씀이 있어서 들어왔습니다."

"뭔가요?"

"대통령님께서 회장님의 사정이 허락되는 대로 전화를 주시기 바라고 계십니다."

"알겠습니다. 장태환 씨, 다른 용건은 없습니까?"

장태환은 자신이 다니고 있는 그룹의 회장이자 세계적인 스타인 Dr. Seer가 자신의 이름을 기억해 주자 껌뻑 넘어갔다.

하지만 이내 정색을 하고 최대한 침착하게 말했다.

"아! 예. 예. 회장님 감사합니다. 시키실 일이 없으면 저는 이만 물러가겠습니다."

"하하, 그렇게 하십시오."

서원명 대통령이 전화를 해달라고 한 것은 필시 곤잘레스에게서 얻은 정보와 관련이 있을 것 같았다.

'아마 스파이들에 대한 용건이겠군. 전화를 해달라고 한 것은 어느 정도 파악을 했다는 것일 테고.'

모르긴 몰라도 아마 예상에서 크게 벗어나지 않을 것이다.

서원명 대통령에게 전화를 걸자 서원명 대통령이 반색을 한다.

—이봐, 강권이, 자네 아프다더니 얼굴만 좋구먼. 아니, 오히려 신수가 훤해졌는걸?

　"하하하, 정암이 누가 그러던가? 내가 아프다고?"

　—하하하, 아닐세. 내가 배가 아파서 그냥 해 본 말일세.

　"하하, 정암이 자네도 실없는 말을 다 할 줄 아는구먼."

　서원명 대통령의 농담에 이렇게 대꾸를 하면서 강권은 문득 짚이는 것이 있었다.

　경옥이도 자신과 서원명 대통령과의 사이를 아니까 속이지는 않았을 것이고 자신이 경지를 넘어섰다는 것을 서원명 대통령이 알았으리라는 생각이 들었던 것이다.

　서로 안부를 확인한 서원명 대통령이 본격적으로 용건을 꺼내기 시작했다.

　—그런데 강권이, 자네 말을 듣고 작년 10월 이후에 우리나라에 입국해서 장기 체류하고 있는 외국인들을 조사했네. 그 결과 최종적으로 용의선상에 오른 자들은 총 385명이네. 그중에 200여 명은 아직까지 국내에 남아 있고, 나머지 180여 명은 미국 또는 제3국으로 출국을 했네.

"호오, 불과 며칠 사이에 그렇게까지 조사하다니 엄청 바빴겠군."

—우리나라 민관군의 인력을 풀가동했다고 보면 될 것일세. 지금은 용의선상에 오른 자들과 접촉한 인물들을 대상으로 입체적으로 탐문하고 있는 중이네.

"그것은 우리 씨크릿 컴퍼니 식구들이 전문가이니 그들을 동원하면 상당히 도움이 될 텐데 그렇게 하고 있는가?"

—그렇잖아도 그것 때문에 자네와 통화를 하려고 한 것이네. 이경복 국무총리가 씨크릿 컴퍼니를 강력하게 추천해서 강석천 그 친구에게 씨크릿 좀 빌리자고 했더니 완곡하게 거부하더군. 자기 것이 아니라고 말이야.

"하하하, 석천이 그 친구가 그렇게 말했다고?

—그래. 이 친구야, 내 살다, 살다 석천이 그 친구처럼 꽉 막힌 사람은 보지 못했네. 자네의 명령이 없으면 자기는 씨크릿 컴퍼니 식구들을 한 명도 움직일 수 없대나 뭐 한대나. 아무튼 자네가 씨크릿 팀원들에게 나를 좀 도와달라고 말 좀 해주게.

"하하하, 알겠네. 옆방에 있는 석천이 좀 바꿔주게."

강권의 말에 서원명 대통령의 깜놀하는 표정을 짓더니

말했다.

—어허, 역시. 귀신은 속여도 자네는 속일 수 없다더니 자네가 바로 귀신대왕일세그려. 그런데 석천이 그 친구가 옆방에 있다는 것은 어떻게 알았나?

"자네 표정에 다 쓰여 있는데 어떻게 하고 자시고 할 게 있겠는가?"

강권의 말에 서원명 대통령의 표정이 기묘하게 변했다.

검사 시절부터 서원명은 철면이니, 포커페이스니 하는 말을 들었을 정도로 그 누구에게도 자기 속내를 들키지 않는다고 자부할 수 있었다. 그런데 강권이 대수롭지 않게 자신의 얼굴만 보고 집어내다니. 경악하지 않으면 사람이 아닐 것이다.

서원명 대통령과의 통화는 씨크릿 컴퍼니의 통제권을 대통령 직속으로 바꿔주고는 끝이 났다.

경옥은 굳이 컴퓨터 모니터의 도움을 받지 않아도 '해'와 직접 대화가 가능해지자 뛸 듯이 기뻐했다.

그냥 가슴에 착용해서 신체 부위가 닿아 있으면 '해'

가 말하는 소리가 들렸다. '해'에게 의사를 전달하는 것은 물론 말로 해야 했다.

자칫 혼자 중얼거리는 미친 XX로 보일 수도 있겠지만 '해'와 대화를 할 수 있다는 것만으로도 무척 흥분되는 일이었다.

좋아서 난리인 경옥과는 달리 '해'는 완전 좌절 모드였다.

자신의 주인인 강권이 [종속의 인]으로 경옥을 주인처럼 모시라고 강제했기 때문이다.

'해'가 아티펙트이기는 하지만 감정이 있는 '에고형'이었기 때문에 좋고 나쁨을 판단할 수 있다.

자신을 부리는 사람이 능력자에서 일반인으로 급바뀌자 자신의 능력까지도 엄청 낮아지는 것 같고 초라해지는 기분조차 들었다.

'에효, 나도 '달' 그 녀석처럼 툴툴거렸어야 하나?'

'해'는 자신의 능력이 '달'에 전혀 뒤지지 않는다는 생각에서 주인이 '달'을 택한 것이 '달'이 툴툴거렸기 때문이라는 결론을 도출했다.

'내가 '달' 그 녀석에게 뒤지는 게 뭔데? 몸체를 구성하고 있는 드래곤 하트의 크기도 내가 '달'보다 훨씬 크

잖아.'

그런 '해'의 불만을 듣고 강권은 어이가 없었다.

―이런 녀석 같으니라고. 야! '해' 너 정말로 '달'에게 뒤지지 않는 능력을 가졌다고 생각해? 그런데 '달'은 9클래스 유저인데도 '해' 너는 8클래스조차 마스터하지 못한 건데? 또 드래곤 하트의 크기가 네 것이 크다고 누가 그래. '달'의 드래곤 하트는 압축이 되어 있고, 네 것은 압축이 되어 있지 않은 차이란 것은 너도 잘 알거 아냐?

강권이 능력자가 되어 혼자 툴툴거리는 것까지 들어버릴 것이라고는 생각지 못했던 '해'는 엄청 쫄았다.

[종속의 인]에 반하면 영구 소멸이라는 극형에 처해질 수 있었기 때문이다.

이 처벌은 자동적으로 이루어진다는 점에서 이 정도는 [종속의 인]에 반하지는 않은 것 같았다.

'이렇게 툴툴거리는 것 정도는 괜찮은 거네.'

'해'는 '달'이 주인인 강권에게 어떻게 했다는 것을 잘 알고 있었다.

'이제 나도 막 나갈 겨.'

이렇게 결심을 굳힌 '해'는 '달'이 했던 것처럼 강권에게 막말을 하기 시작했다.

―야! 주인아, 에고라는 게 주인의 능력으로 등급이 정해지는 거라고. 부리는 사람이 누구냐에 따라서 자신의 능력과는 상관이 없이 열등하다고 평가당한다면 당하는 에고가 얼마나 비참해지는지 주인은 알아?

―그래서?

―그래서는 뭐가 그래서야? 나도 이제 주인에게 막말을 하겠다는 거지.

―이 자식 이거 이제 보니 순 웃긴 녀석 아냐? 야! '해' 이 자식아! 누울 자리 보고 발을 뻗으랬다고 원조인 '달' 녀석도 이제 꼬박꼬박 존댓말을 쓰는데 짝퉁인 네가 그렇게 까불 군번이나 된다고 생각해? 그럼 한 번 지대로 [종속의 인]을 발동시켜 볼까?

'해' 는 [종속의 인]을 발동시키겠다는 강권의 으름장에 급꼬리를 말아야 했다.

'해' 에게 호통을 내지르면서도 강권은 싫은 표정이 아니었다. FM 범생이인 '해' 가 이렇게 일탈 행동을 한 것을 좋은 뜻으로 해석하고 있기 때문이었다.

경직되면 부러지기 쉽고 고인 물은 썩기 마련이라고, FM인 것은 좋지만 그만큼 일정한 틀에 얽매이는 우를 범하기 쉽다. 일정한 틀에 얽매이는 순간 어느 선까지는 급격하게 발전하겠지만 그 이상의 발전을 기대할 수 없다.

그런데 '해' 가 에고임에도 불구하고 일정한 틀을 깨려고 했다는 점에서 강권은 '해' 역시 머잖아 9클래스에 접어들 징조라고 보았던 것이다.

강권은 코가 석 자나 빠져 있는 '해' 를 다독였다.

—'해' 야, 몸체를 단백질 섬유로 하는 호문클루스의 핵에 니가 들어가면 어떨 것 같아?

—주인님, 서, 설마 저를 소멸시키겠다는 말씀은 아, 아니시겠지요?

강권은 '해' 의 반응에 어이가 없었지만 이내 그런 반응을 보일 수도 있겠다는 생각이 들었다.

'이런, 내가 [종속의 인]을 사용해서 에고를 소멸시키는 것으로 받아들였나 보군.'

강권은 이내 '해' 의 오해를 풀어주었다.

—그러니까 내 말인즉 '해' 너의 에고를 소멸시키겠다는 것이 아니라 에고를 유지한 상태에서 호문클루스가 되라는 말이지. 어때?

—주인님, 정말로 저의 에고를 소멸시키시지 않으실

거죠? 그렇다면야 전혀 불만이 없습니다.

—좋았어. 그럼 당분간 '해' 네가 백룡의 안전을 책임지고 콘서트에서 내 역할도 해주는 거다. 알았지?

—예. 주인님. 알겠습니다.

경옥도 그렇게 하는 것에는 전혀 불만이 없었다.

불만이 있다면 강권을 볼 수 없다는 것 정도지만 어차피 자기는 '해'가 만들어 놓은 의학의 바다에서 뛰어놀게 되면 자기의 눈에는 오직 '해'가 제공해 주는 의학 자료만 들어올 테니 불만이랄 수도 없는 것이었다. 하지만 궁금한 것은 궁금한 것이었다.

이럴 경우에 보통 경옥은 사극 놀이를 하면서 궁금한 것은 죄다 물어본다. 묻기가 좀 껄끄러운 것이라도 사극 놀이를 하면 묻는 것에 전혀 거리낌이 없어진다.

아마 연극을 하고 있다는 생각이 들어서 그런 것인지도 모른다.

"서방님, 근데 소녀는 서방님께 궁금한 것이 하나 있사옵니다. 서방님께선 혹여 '달'을 데리고 입산수도라도 하시려는 것인지요?"

"입산수도라고요? 하하하, 부인께선 왜 그렇게 생각하

는 거지요?"

"서방님, 그렇지 않습니까? 서방님께선 백룡에 계실 거면서 마치 어디 멀리라도 가실 것처럼 '해'에게 백룡의 안전을 책임지고 콘서트에서의 서방님 역할까지 주문하셨답니다. 그래서 소녀는 우리 서방님께서 멀리 떠나시는 것처럼 느껴졌습니다. 여기에 대해서 서방님께선 어떻게 생각하시는지요?"

"아하, 그러했구려? 그런데 부인, 부인께서는 내가 부인 곁을 떠나지 않을 거라는 걸 누구보다도 잘 알고 계실 것이 아닙니까? 그러니 앞으로 그런 쓸데없는 생각일랑은 하지도 마십시오."

"예에. 알았사옵니다. 서방님. 근데 소녀에게 궁금한 것이 하나 있습니다."

지금까지는 분위기를 만드는 것이었고 경옥이 본래 묻고자 하는 질문은 지금 묻는 것이었다.

"부인. 말씀해 보시오."

"서방님과 '해'와 '달'은 [종속의 인]에 의해서 엮여 있다고 하셨지 않습니까? 그런데 만약에 서방님께서 잘못되시기라도 한다면 서방님과 [종속의 인]으로 엮여 있는 '해'와 '달'은 어떻게 되는 것입니까?"

"하하하, 부인, 그럴 일은 없겠지만 만에 하나 내 신상에 좋지 않은 일이라도 발생한다면 아마 '해'와 '달'은 램프의 요정 지니처럼 되어 버리지 않을까 싶소. 말하자면 다음에 다른 주인을 만날 때까지 깊은 잠에 빠지게 되어 버린다는 것이오. 아시겠습니까?"

"어휴, 그렇구나. 그럼 백업본이라도 만들어 두어야 하는 거 아냐?"

"옥아, 갑자기 무슨 말이야? 백업본이라니?"

"으응, 자기도 알다시피 '해'가 갖고 있는 의료 지식은 엄청 방대하잖아. 그 의료 지식만 제대로 활용을 해도 의학이 최소 몇 십 년은 앞설 것 같아서 말이지. 그러니까 '해'가 갖고 있는 자료들을 출력해 두는 게 좋지 않을까 하는 생각이 드네."

"하하, 옥아, '해'가 갖고 있는 자료들은 매일, 아니, 매시간마다 실시간으로 갱신이 되고 있는데 그 방대한 갱신 자료들은 어떻게 할 거야. 나에게 아무 일도 생기지 않을 테니까 그냥 필요할 때마다 검색하는 게 좋을 거야."

"당신에게 아무 일도 생기지 않을 거란 것을 어떻게 장담하실 수 있으세요?"

"하하하, 당연히 장담할 수 있지. 왜냐하면 '해'에게 는 [앱솔루트 배리어] 마법이 인챈트되어 있고, '달'에게 는 [강제 텔레포트]라는 마법이 인챈트되어 있으니까 말 이지. 그 말은 '해' 근처에 있다면 핵폭탄이 터져도 죽지 않는다는 말과 같은 의미를 갖고 있고, '달'을 끼고 있다 면 위험 지역에서 가장 안전한 지역으로 강제로 텔레포트 된다고 생각하면 돼. 그러니까 내게 무슨 일이 생길 거에 대해서는 조금도 걱정할 필요가 없는 거야. 알겠지?"

이렇게 경옥에게 '해'를 붙여주고는 강권은 '달'과 함 께 단백질 섬유로 호문클루스의 몸체를 만드는 실험을 했 다. 만약 이 실험이 성공하면 공전절후의 대박이 될 것이 다.

호문클루스의 특성상 핵에 손상이 가지 않는 한 어지 간한 부상을 당해도 끄떡없는데 강철보다 수백 배는 튼튼 한 단백질 섬유로 몸체가 이루어진다면 부상은커녕 생채 기도 나지 않을 것이다.

그런데 '해'가 그런 몸체를 가지고 있다면 엄청난 소 프트웨어에 대단한 하드웨어까지 합쳐진 게 아니고 뭐겠 는가? 어디 그뿐이랴.

아직은 강권의 머릿속에 있는 이야기기는 하지만 강권

은 마나석을 가루로 만들어서 그 호문클루스에 마나 로드
와 마나 서클, 마나 홀까지 만들 생각을 하고 있었다.

만약 그걸 '해' 나 '달' 에게 결합시킨다면 조만간 9클
래스의 대현자를 지구에서 만날 수도 있지 않겠는가 말이
다.

총칼을 전혀 두려워하지 않는 9클래스의 대현자를 세
상은 어떻게 감당할 것인가? 강권이 이처럼 행복한 상상
에 도취되어 있었지만 '달' 은 묵묵히 자기 할 일만 처리
하고 있었다.

'달' 은 경지가 높아질수록 과거처럼 촐싹거리거나 툴
툴거리지 않고 품성도 점점 중후해져 가는 듯싶었다.

─주인님, 주인님께서 명령하신 대로 그려보았습니다.
보시고 혹시 고칠 점이 있다면 말씀만 해주십시오. 그럼
즉시 시정하도록 할 테니까 말입니다.

딱 이런 식이었다. 강권이 뭐를 시키던 일체 군소리 없
이 시킨 대로 할 뿐더러 잘못된 점은 즉시 시정하겠다고
하니 시키기가 미안해지기까지 한다.

그렇다고 시킬 일이 있는데 시키지 않을 강권은 아니
니 뭐 그렇다는 말이다.

이미 한 번 호문클루스를 만든 경험이 있어서인지 단

백질 섬유로 만드는 호문클루스 역시 어렵지 않게 성공시킬 수 있었다.

그렇지만 가장 중요한 시제품인 마나석 가루로 마나 로드와 마나 홀, 마나 서클을 만드는 호문클루스는 자꾸 실패하고 있었다.

실패 원인조차 파악하지 못한 강권은 '달'에게 실패의 원인에 대해서 넌지시 물어보았다.

─마나석을 쓰지 않는 호문클루스는 실패 확률이 거의 없는데 마나석 가루를 첨가하면 왜 자꾸 실패하는 거지? '달' 너는 그 이유가 뭐라고 생각해?

─주인님, 호문클루스는 생존에 필요한 에너지를 자연에서 강탈하는 일종의 마법진으로 구성되어 있습니다. 그런데 그 마법진의 생성을 마나석 가루가 방해해서 오류가 생기는 것 같아 보입니다. 아마 마나석 가루에서 발생되는 저항 때문이 아닌가 싶습니다.

─그럴 수도 있겠군. 그럼 전선을 피복으로 감싸듯 마나석 가루도 피복으로 감싸서 배치하면 어떨까?

─알겠습니다. 주인님, 그럼 그렇게 설계해 보겠습니다.

'달'이 대수롭지 않게 말했지만 결과는 대성공이었다.

'해'의 몸체가 될 호문클루스를 만들고 그 호문클루스의 핵에 '해'를 끼워 넣자 '해'가 호문클루스를 통제하는데 아무런 문제가 없었다.

거기에 1클래스 마법이지만 라이트 마법을 발현시키는 데 성공했다.

—성공한 것 같군. '달' 너는 어떻게 생각해?

—주인님, '해'가 쓸 호문클루스를 좀 키울 필요가 있을 것 같습니다. 마법도 마법이지만 컴퓨터라는 것도 포기할 수 없을 만큼 매력이 있거든요.

—그래? 그러면 어느 정도로 키우는 게 적당하겠어?

—그냥 인간의 등신(等身)형 호문클루스로 하는 것은 어떻겠습니까?

등신(等身)형 호문클루스란 것은 말 그대로 인간과 크기가 같은 비율의 호문클루스를 가리키는 것이었다. 등신(等身)이라는 말에 강권은 어차피 등신으로 만들 것이면 자기와 똑같은 호문클루스를 만드는 것이 어떨까 하는 생각을 했다.

—주인님과 똑같이 만들라고요?

—그렇지. 어차피 인간의 크기와 같게 만들 것이면 나와 똑같이 만들자는 것이지. 내가 이것저것 할 일도 많

고, 또 나를 노리는 자들도 꽤 있으니까 보험 하나 들었다 생각하고 만들자는 거야. '해'가 통제하는 호문클루스라면 나 못지않은 존재감을 풍길 테니 그것도 재미있을 것이고. 게다가 '해'의 실험이 성공으로 판명이 되면 '달' 너도 하나 만들어서 쓰면 될 거 아니겠어?

―주인님께서 그렇게 말씀하시면 그렇게 하도록 하겠습니다.

'해'가 통제할 호문클루스를 만드는데 경옥은 엄청 흥미를 갖고 하나하나 꼬치꼬치 참견을 했다.

'해'는 어차피 자기와 생활을 하니까 자기 마음에 들어야 한다는 데야 뭐라고 할 말이 없었다. 그런데 예전 같으면 엄청 툴툴거렸을 '달' 녀석은 경옥의 참견이 귀찮을 법도 하련만 일체 군소리 없이 시키면 시키는 대로 했다.

완전 "우리 '달'이 달라졌어요."가 아닐 수 없었다.

강권이 '달'과 백룡호의 구석진 곳에 짱 박혀 호문클루스를 만드는데 몰두하고 있었지만 투어는 차질 없이 계속되어지고 있었다. 물론 '해'의 컴퓨터 조작 영상이 단단히 한몫을 했다.

근주자적(近朱者赤), 근묵자흑(近墨者黑)이라고 '해'가 컴퓨터를 조작해서 콘서트 영상을 만들어내는 것을 보고 흥미가 동했는지 경옥이 조작 영상을 만드는데 적극 가담했다.

경옥의 심미안 때문인지 경옥이 함께 가담해서 조작한 영상은 엄청 호평을 받았다. 칭찬은 고래도 춤추게 만든다고 했던가. 이제는 으레 자신이 직접 영상을 조작해야 된다고 믿고 계시는 노경옥 여사 되시겠다.

5월 한 달 동안 유럽을 뜨겁게 달구었던 Dr. Seer와 KM 소속 연예인들의 합동 콘서트 투어는 총 11회에 걸쳐서 순수 유료 관중 98만여 명을 동원하고 성대하게 막을 내렸다.

티켓 가격이 평균 10만 유로였으니 순수하게 콘서트로 벌어들인 액수가 980만 유로라는 의미였다. 우리나라 돈으로 150억 원가량을 벌어들인 셈이었다.

물론 기타 중계로나 콘서트 판권 판매 등으로 받을 돈들은 전혀 고려하지 않은 금액이었다.

그런데 이 기타 중계료에서 심상치 않은 결과가 야기

될 것 같은 조짐이 보였다.

열 번째 유럽 투어 때부터 리나의 어깨에 앉아서 리나와 함께 공연한 깜찍한 신문이의 모습이 전 세계 네티즌들의 이목을 단숨에 사로잡았기 때문이다.

buri2759…… ; 꺅! 그거, 요정 아님? 절대로 컴 장난이 아닌 것…… 가타. 넘, 귀욘 것.

tkfkd4848…… ; 그거, 판타지에나 나오는 호문클루스라는 거이랍니다. 이름은 신문이. 남성체라고 하는데 지금보다 3배 정도까지 커질 수 있다고 합니다. 엄청 영리해서 한 번 들으면 절대 잊어버리지 않는다고 함. 그리고 대박인 거슨 호문클루스의 충성심이 만땅이라는 거임. 지인이 KM 직원이어서 겨우 알아낸 거임.

wjdakf3692…… ; tkfkd4848……님, 그걸 어떻게 아삼? 호문클루스에 대한 정보 있으면 제발 더 올려주삼.

eoqkr5555…… ; 리나의 홈피에 신문이 말 배우는 영상 떴음. 안 보심 후회할 거임. 장난 아님. ㅋㅋㅋ.

ghans8888······ ; 신문이 넘 귀욤. 허밍도 완전 가수
급. 얼마 안 있음 리나와 듀엣을 할 거 가틈. 신문이 가튼
호문클루스가 출시되면 대박일 거 가틈.

dndusg4444······ ; 호문클루스 그룹 '환'에서 극비
리에 개발하고 있는 것으로 추정됨. 100여 개의 호문클
루스 실험체 중에서 신문이 단 하나만 생존했음.

호문클루스는 에너지를 무엇으로 적용할 것인가에 따
라서 쓰임새가 무궁무진하다고 함. 예컨대 오염 물질을
흡수하여 에너지원으로 삼아 가동되는 호문클루스 같은
경우에는 아무런 위험 없이 각종 오염원들을 처리할 수
있음······.

―이거 완전 소설을 쓰고 있군. dndusg4444······
녀석은 어떤 녀석인데 저렇게 천연덕스럽게 소설을 쓰고
있는 것이지? '달'아 너는 이 녀석의 글을 어떻게 생각
하고 있냐?

인터넷을 보던 강권은 자기도 알지 못하는 호문클루스
에 대해 써놓은 것을 보고 너무 어이가 없다는 듯 '달'에

게 말했다.

그런데 '달'의 말은 뜻밖이었다.

—주인님, 이론상으로는 충분히 가능한 일입니다. 꼭 저런 식의 사용 방법은 아니겠지만 예를 들면 호문클루스를 우주인으로 사용하는 우주선과 같은 경우는 충분히 생각해 볼 수 있지 않겠습니까? 호문클루스는 어떻게 만드느냐에 따라서 공기가 없는 곳에서도 충분히 살아갈 수 있고 극악한 환경에서도 훌륭하게 버틸 수 있지 않습니까?

—그럼 어떻게 만들고, 어느 곳에 사용하느냐에 따라서 충분히 경제적 가치가 있을 수도 있다는 말이네.

—예. 그렇지요. 세상의 많은 것들이 경제 논리로 얘기되고 있지 않습니까? 만약에 인간이 살아갈 수 없는 행성에서 엄청난 양의 다이아몬드가 있다거나 원유나 가스 같은 것이 매장되어 있다면 거기에서 버틸 수 있는 호문클루스 역시 엄청 인기가 있지 않겠습니까?

—그러기야 하겠군. 잠깐, 전화 좀 받고.

강권이 '달'과 호문클루스에 대해서 한참 재미를 들여 논의를 하고 있을 때 갑자기 대통령에게 긴급 전화가 왔다.

'긴급한 용건이란 게 뭐지?'

강권의 뇌리에 도무지 감이 잡히지 않는다. 강권이 전화를 받자 수화기에서는 서원명 대통령의 다급한 목소리가 들려왔다.

—이봐, 강권이, 미국에서의 일정을 취소하면 안 되겠나?

"허허, 정암이 자네 밑도 끝도 없이 그것이 무슨 말인가? 이제 미국에서의 남은 일정이라야 콘서트 투어 두 번 하고 세계 최강 파이터 대회뿐이지 않는가?"

—내가 자네에게 하고 싶은 말이 그것과 관계가 있는 일일세. 세계 최강 파이터 대회에서 자네를 암살하려는 움직임이 있다는 첩보를 입수했네.

"나를 암살하려 한다고? 이봐 정암이, 저번에도 자네에게 말했지만 나를 죽이려는 것은 완전 불가능에 가깝다니까? 설사 나를 죽이려고 콘서트 장소에 핵폭탄을 터트려도 나를 죽이지는 못할 것인데 그래도 나의 암살이 가능하다고 생각하는가?"

—어허, 자네 황소고집을 도대체 누가 말릴꼬?

강권은 서원명 대통령이 자기 암살 건 때문에 너무 고심하는 것 같아 설령 자기가 없더라도 자신의 부인인 경옥이와 상의하면 아무런 문제가 없을 것이라고 말했다.

—뭐? 자네가 없어지면 제수씨와 상의하라고?

"그래. 좋아. 이 기회에 슬쩍 없어져 볼 테니까 세계를 상대로 한 번 공갈과 협박을 해보는 것이 어떻겠나? 나에게 아직까지 한 번도 써 먹지 않은 '전자 펄스 포'라고 전자기기를 전문적으로 잡는 무기가 있거든 이번 기회에 미국의 항공모함이나 하나 작살을 내버리는 것도 교훈이 되겠지. 아니면 내 암살의 모의하는 자들의 소굴인 버지니아주 랭글리를 초토화시켜 버리든가."

—이 친구야, 정말 괜찮겠어?

"괜찮아. 괜찮다니까. 아! 그 방법도……."

—그 방법이라니?

"아닐세. 나 혼잣말이네. 자네 마음은 알았으니 이만 전화를 끊도록 하지."

강권이 생각한 그 방법이란 '해'를 자신과 완전 똑같게 만들고 경옥이와 24시간 꼭 붙어 있는 모습을 보인다는 것이었다.

강권은 자신의 생각을 마무리 지으려고 '해'를 호출했다.

이미 경옥이의 감수(監修) 아래 자신을 꼭 빼닮은 등

신(等身)형 호문클루스도 만들어 두었겠다, '해'를 그 호문클루스의 핵에 삽입만 시키면 스토리는 그것으로 끝이었다.

'해'에는 기본적으로 [앱솔루트 배리어]가 인챈트되어 있으니 어떠한 암살 책동에도 안전한 것이다.

거기에 호문클로스 몸에 외부에서 생명, 신체에 위해를 가한다면 즉시 백룡호 내부로 텔레포트하는 [조건부 텔레포트] 마법을 새겨둔다면 공갈, 협박을 쓰더라도 훌륭하게 먹힐 것이다.

'좋아. 이 기회에 일단 CIA 본부만 작살내 보자고.'

전자기펄스(EMP)탄이라든지 고출력 극초단파(HPM)탄 등 기존에도 전자 펄스를 이용하는 무기가 없지는 않았지만 강권이 쓸 '전자 펄스 포'라는 무기는 전자 펄스에 컴퓨터 바이러스를 결합시킨 것과 비슷하다.

이 '전자 펄스 포'라는 신무기는 지구상의 모든 첨단 제품들이 모두 전자 제품인 것에 착안해서 만든 새로운 무기였다.

미국 등 선진국의 기술력이 철 제품에만 쓸 수 있는 파동포의 약점을 찾아내면 대안으로 쓰겠다고 이미 만들어 두었던 것이기도 했다.

'전자 펄스 포'에 노출된 장소에 있는 컴퓨터와 메일을 주고받더라도 전자 펄스 포에 노출이 된 것과 똑같아진다.

더욱 가공한 것은 전자 펄스를 작동시키는 일정한 신호를 보내지 않는 한 당한 쪽에서는 전혀 이상을 느끼지 못한다는데 있다.

또한 감염당한 곳을 한 곳 꼭 짚어 감염 로드맵을 추적시키면 그곳과 연결되는 모든 감염 기기들을 모두 파악할 수 있다는 것도 은근 떨리게 하는 것이다.

왜냐하면 그 감염 로드맵의 경로상에 있는 모든 곳에 감염된 전자 펄스를 작동시키는 발작 신호를 보내거나, 어느 특정 지점에만 보낼 수도 있기 때문이다.

이런저런 생각을 하고 있는데 경옥이 나타났다.

"서방님, 부르셨습니까?"

"으응, 자네와 상의를 할 게 있어서."

"무슨 일인데요?"

"으응, 별일은 아니고, 6월 6일에 벌어질 세계 최강 파이터 대회 말이야. 그 대회에 내가 참가하기로 되어 있잖아? 그런데 그날 나를 암살하려고 한다는 첩보가 있어서 말이야."

강권의 말이 끝나자마자 경옥이 도끼눈을 부라리며 강권을 닦달했다.

"이 양반이, 뭐, 별일이 아니라고? 지금 내 거가 죽게 생겼는데 어떻게 그게 별일이 아니야?"

"당신의 마음은 알겠는데, 사실 나를 죽일 수 있는 방법이 없을 걸?"

"뭐라고요? 당신을 죽일 수 있는 방법이 없다고요? 그런 시답지 않는 소리를 하는 당신 정말 나에게 지대로 죽어볼래요?"

"아, 아냐. 하하하."

"그건 그렇고, '해'는 또 왜 부른 건데요?"

"나 대신 세계 최강 파이터 대회에 나가려면 좀 배워야 할 게 있어서 말이야."

"그건 마음에 드네요. 서방님, '해'가 완전히 마스터할 때까지 일체 휴식이 없다는 것 정도는 아시겠지요?"

"그, 그거야 물론이지."

강권은 호문클루스의 몸을 차지한 '해'가 격투에 숙달될 때까지 조금도 쉬지 못했다.

"여보, 이 정도면 되겠어. 이제 좀 쉬자고."

"아니에요. 내가 보기에는 아직 멀었어요. 조금만 더

하고 쉬어요."

"여보. 이 정도면 됐다니까. '해' 가 지금 3서클 엑스
퍼트가 되었으니까 3서클까지의 마법과 병행을 하면 충
분히 대처할 수 있어. 그러니까 좀 쉬잔 말이야."

"여보. 지금 반항하는 거예요? 잔말 말고 내가 하라는
대로 하세요. 두고 볼 거예요?"

강권은 결국 경옥의 카리스마에 반항을 포기하고 6월
6일까지 '해' 에게 무술을 가르치느라고 죽을 똥을 쌌다.

드디어 6월 6일.

강권의 죽음을 바라는 자들과 조우하게 될 운명의 날
이 다가왔다.

〈『더 리더』 7권에서 계속〉

the 리더

1판 1쇄 찍음 2012년 4월 19일
1판 1쇄 펴냄 2012년 4월 24일

지은이 | 희 배
펴낸이 | 정 필
펴낸곳 | 도서출판 뿔미디어

편집장 | 이재권
기획 · 편집 | 심재영
편집디자인 | 이진선
관리, 영업 | 김기환, 임순옥

출판등록 | 2002년 9월 11일 (제081-1-132호)
주소 | 부천시 원미구 상3동 533-3 아트프라자 503호 (우)420-861
전화 | 032)651-6513 / 팩스 032)651-6094
E-mail | BBULMEDIA@paran.com
홈페이지 | www.bbulmedia.com

값 8,000원

ISBN 978-89-6639-651-1 04810
ISBN 978-89-6639-165-3 04810 (세트)